별 깔아 빛이 같이

파란 2
별과 빛이 같이

1판 1쇄 찍은 날 | 2020년 1월 20일
1판 1쇄 펴낸 날 | 2020년 1월 27일

지은이   윤이안
펴낸이   김병수
책임편집   심은정
디자인   정계수
펴낸곳   아르띠잔
출판등록   2013년 7월 15일 제396-2013-000120호
주소   경기도 고양시 일산동구 무궁화로 255 와이하우스 106동 205호
전화   031-912-8384
팩스   031-913-8384
홈페이지   www.ArtizanBooks.com
E-mail   ArtizanBooks@daum.net

ISBN 979-11-963738-8-7 04810
ISBN 979-11-963738-6-3(세트)

이 도서의 국립중앙도서관 출판시도서목록(CIP)은 서지정보유통지원시스템
홈페이지(http://seoji.nl.go.kr)와 국가자료공동목록시스템(http://www.nl.go.kr/kolisnet)에서
이용하실 수 있습니다. (CIP제어번호: CIP 2020001653)

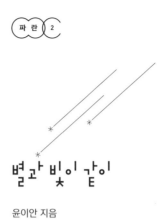

별과 빛이 같이

윤이안 지음

아르띠잔

차례

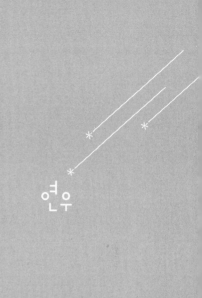

잡초를 손으로 뽑다가 문득 수현은 이번 주 주말에 집을 비워야 할 것 같다고 말했다. 잔디깎이 기계가 드득, 득, 하는 소리만 내다가 멈춰버려서 기계 안쪽을 들여다보던 참이라 지원은 수현의 이야기를 제대로 듣지 못했다. "뭐라고?" 그렇게 묻자마자 기다렸다는 듯 잔디깎이가 요란한 소리를 내며 돌아갔다. 수현은 소리쳤다. "콘서트에 갔다 오려고." 지원은 잔디깎이가 땅을 파헤치는 것도 모르고 가만히 서 있었다.

결혼하기 전에도 그랬지만 두 사람은 결혼한 뒤에도 연극 한 번, 뮤지컬 한 번 보러 간 적이 없었다. 둘 다 공연예술 쪽으로는 도통 관심이 없었다. 부부가 주말 저녁 영화관에 가는 것조차 드물었기에 갑자기 콘서트에 가겠다는 게 황당했지만 그것보다 더 황당한 건 똑같은 공연을 세 번 보러 간다는 거였다. 세 번 공연 하면 그게 다 똑같은 건데 뭐하러 세 번을 다 가냐는 지원의 말에 수현은 "자기야, 오늘의 너랑 내일의 너랑 같니?" 하고 대꾸했다. 듣고 보니 맞는 말인 것도 같아 지원은 입을 다물었다. 수현은 하겠다면 하는 사람이었고 어차피 말해봤자 듣지 않을 거라는 걸 알고 있었다. 이미 서울에 숙소까지 잡아 놓았다는 말에 지원은 알겠다는 말도 없이 잡초만 뽑았다. 그런 지원을 향해 수현이 말했다. "그러니까 집 좀 봐줘. 봐주는 김에 우리 삼 남매 밥도 좀 챙겨주고." 애초에 지원이 거절할 거라는 걸 선택지에 넣지 않은 부탁이었다.

잡초는 뽑아도 뽑아도 끝이 나지 않았다. 지원은 허리를 펴고 일어나 줄지어 늘어선 벽돌집 가게와 조용한 가로수 길가를 바라보았다. 낯선 풍경은 아니었다. 지원과 수현은 지난 삼 년 동안 이 동네에 살았다. 지원은 중학교에서 국어를 가르쳤고 수현은 이 동네에 딱 하나 있는 동물병원 수의사였다. 처음 수의사로 일을 시작했을 때 수현은 동물병원 앞에 버려지는 고양이들을 외면하지 못해 줄줄이 임시보호를 맡았다. 작은 아파트 안에 고양이가 가득 차기 시작했을 무렵 이사를 결심했다. 그리하여 동물병원 개업과 동시에 이 동네로 이사를 온 건 삼 년 전 봄이었다. 늘 좁은 아파트에서만 살다가 드디어 마당이 있는 집으로 이사 오게 된 걸 수현은 기뻐했다. 집 값이 계속 떨어지는 마당에 빚내서 전원주택 같은 걸 사는 건 다들 미친 짓이라 했지만 안정적인 주거지를 갖고 싶다는 욕심을 포기하기는 쉽지 않았다. 어차피 여기 평생 살 건데, 뭐. 걱정하며 말리는 지인들에게 그렇게 말하며 강행했다. 노후까지 염두에 두고 여기에 뿌리를 내리겠다고 다짐하고 고른 집이었다. 처음으로 가져보는 잔디밭이 깔린 마당과 연우에게 처음 생긴 방. 중학교에 막 입학한 연우도 혼자만의 공간이 생긴 것을 좋아했다. 수현은 그 나이대 애들은 자기만의 공간이 있어야 하는 법이라고 생각했다. 이사를 오면서 정식으로 식구가 된 치즈태비 고양이 삼 남매도 넓은 집을 제 집인 양 돌아다녔다.

　"이름을 뭘로 지어줄까?"

　그날 저녁 머리를 맞대고 고민하던 수현과 연우는 해피, 퍼피, 메리 등의 이름을 나열하다가 유치하다며 까르르 웃음을 터뜨렸다. 그러다 연우가 말했다.

　"영어 이름은 별로 정이 안 가."

　"그치?"

　수현이 맞장구를 치는 사이 연우는 손뼉을 쳤다. 그러고 삼 남매의 얼굴을 손가락으로 한 번씩 가리키며 말했다.

　"엄마, 애네 복자, 복순, 복돌이로 하자."

"그게 뭐야."

수현은 웃음을 터뜨렸다. "누구 닮아서 이렇게 작명 센스가 없어?" 수현은 지원이 앉아 있는 소파 쪽으로 눈을 흘기며 말했다. "복 삼 남매가 어때서. 정감 가고 좋네." 거실 소파에 앉아 가만히 시험지만 뒤적이던 지원이 한 마디 보탰고, 그래서 고양이 삼 남매의 이름은 복자, 복순, 복돌이가 되었다.

수현은 손에 든 잡초를 집어던지며 소리쳤다. "이러다 내 황금 같은 휴일 다 가겠어." 지원은 수현의 불평을 들으며 묵묵히 잡초를 뽑았다. 내일까지는 마당에 무성하게 자란 잡초를 다 뽑아야 했다. 그래야 부동산에서 집을 보러 올 거고, 좀 멀쩡한 모양새를 갖춰 놓아야 집이 팔릴 테니까. 집을 사는 건 쉬웠는데 막상 파는 건 쉽지 않았다. 요즘은 아무도 집을 사려고 들지 않으니까. 부동산에 내놓은 지 벌써 두 달째였다. 아무래도 대청소를 좀 해야겠다는 수현의 연락에 오랜만에 지원은 집을 찾았다. 지원은 수현이 던져 놓은 잡초 더미를 집어 자루에 던져 넣었다. 잡초는 아무렇게나 놓으면 거기에 뿌리를 내리고 자랐다. 아무도 마당을 돌보지 않게 된 후로 잡초가 마당에 멋대로 자리 잡고 집을 넘볼 기세로 자라났다. 같이 살 때만 해도 수현에게 몇 번이나 잡초를 뽑자고 이야기하려고 했는데 늘 타이밍이 맞지 않았다. 수현이 집에 있는 날이면 지원이 근처 캠핑장으로 홀로 캠핑을 나갔고, 지원이 집에 있는 날이면 수현이 서울에 가 있었다. 아구구, 하며 허리를 두드리던 수현이 말했다.

"어제 동물병원에 새끼 고양이 한 마리가 배탈이 나서 왔는데 말이야. 차트에 등록하려고 이름을 물어보는데 보호자가 자꾸 '밤에 뜨는 달'이라는 거야. 보통 그런 이름을 가졌으면 까만 고양이거든. 근데 하얀 고양이었어. 도무지 페르시안 고양이 이름 같지가 않아서 몇 번이나 '네? 뭐라구요?' 되물었더니 보호자가 이름을 차트에 써주더라고. 근데 진짜 '밤에 뜨는 달'이었어. 밤에 뜨는 달이 어디가 아픈가요? 밤에 뜨는 달이 밥은 잘 먹나요? 밤에 뜨는 달은 다음 달에 예방접종을 한 번 더 맞아야 해요. 그렇게 말하는데 기분이 이상하더라. 그러니까 보호자는 달을 보고, 나는 밤을 본 거였어."

이름이라는 게 말이야, 참 신기하지. 수현은 연우의 이름을 처음 지었을 때를 떠올렸다. 좋은 이름을 지어주고 싶어서 거의 한 달 가까이 지원과 머리를 맞대고 사전을 뒤적였다. 옥편을 끼고 앉아서 이건 뭐가 좋네, 이건 이름자에 쓰면 안 되는 한자네, 하며 옥신각신하다가 결국 출생신고 기한을 놓쳐버렸다. 벌금을 물면서도 좋다고 웃었다. 옥편을 뒤적거리던 게 무색하게 한글 이름으로 지어버렸지만. 수현의 어머니는 이름이 그게 뭐냐며 애들 이름을 너무 애들같이 지어놔 버리면 나중에 애가 어른이 됐을 때 어디 가서 이름 말하기 민망해한다며 말렸지만 듣지 않았다. "나중에 양로원 가서 사람들이 연우 할머니, 연우 할머니, 하면 애가 얼마나 부끄럽겠어?" 그 말에 수현은 웃었다. 할머니 이름이 예쁘면 어때서. 수현은 아이의 이름만은 예쁘게 짓고 싶었다. 동물병원에 있다 보면 온갖 이름을 가진 아이들을 매일 만나게 되는데 이름에는 지은 사람의 염원이 담긴 경우가 많았다. 무언가에 이름 짓는 방식을 보면, 지은 사람이 어떤 사람인지 알 수 있다고 수현은 생각했다. 그래서 연우 사주에는 연우라는 이름을 지으면 안 된다는 말도 듣지 않았다. 사주니 운명이니 하는 말은 애초에 믿지 않았다. 연우가 운명쯤이야 가볍게 상대할 수 있는 어른이 되기를, 이러쿵저러쿵하는 말에 지지 않는 어른이 되기를 바라는 염원을 담아 지은 이름이었다.

수현의 말에 지원은 그러냐는 말도 없이 인상을 찡그리고 서 있었다.

"동물병원에 오는 애들 이름을 대부분 외워?"

"응."

외우려고 하는 건 아닌데 그냥 알게 돼. 자주 보니까. 지원은 볼을 긁적이다가 잡초 더미를 집어 들었다.

"나 언제부턴가 애들 이름이 잘 안 외워져. 새 학기 시작되면 전쟁이 따로 없어. 담임이 돼가지고 애들 이름 하나 못 외우는 게 말이 안 되잖아. 근데 아무리 기억하려고 해도 잘 안 되는 거야. 그래서 작년부턴가? 새 학기가 되면 출석번호 표 복사해서 차에 와서 사진이랑 같이 놓고 외우는데, 근데 다음 날이 돼서 학교에 가면 또 까먹는 거야. 분명히 방금 전까지 장난치고 웃고 떠들던 애가 쌤, 제 이름 뭐게요? 하고 명찰을 손으로 확 가리면 머릿속이 하얗게 되어버려. 어, 애가 이름이 뭐였더라 하고. 근데 애들이 그런 건 귀신같이 알거든. 자기한테 관심이 있는지, 없는지."

학교에서 지원의 별명은 아맞다였다. 맨날 반 애들 이름을 까먹거나, 해야 할 일을 까먹거나, 숙제를 해오라고 해놓고 까먹어서. 그럴 때마다 아, 맞다 하고 바보 같은 소리를 내는데 언제부턴가 그걸 애들이 흉내 내기 시작했다.

애들이 그걸 따라 하면서 웃더라고. 지원은 순한 얼굴로 웃었다. 한 번은 수학여행을 갔을 때 학생 한 명이 화장실에 가느라 못 탔는데 다 온 줄 알고 버스를 출발시킨 적도 있었다. "기사님이 몇 번이나 애들 다 탔냐고 그러는데 내가 보기엔 다 탄 거 같은 거야. 출발하고 나서야 알았지. 어떤 애가 자기 짝꿍이 안 탔다고 손을 들어서." 지원은 그때도 멍하니 서서 아, 맞다, 했다. 기사님에게 죄송하다고 몇 번이고 고개를 숙이고 떠드는 애들을 조용히 시키고 맨 앞자리에 앉아서야 빠트린 아이 얼굴이 생각났다. 이름이 아니라 얼굴이. 누군가

아, 맞다 하며 지원의 말투를 흉내 냈다. 그러자 뒷자리 애들이 와, 웃음을 터뜨렸다. 그 웃음소리가 가끔 생각났다. 애들은 여전히 지원의 말투를 흉내 내며 웃음거리로 삼았다. 수현이 애들이 그렇게 구는 거 기분 나쁘지도 않냐고 물어도 지원은 웃기만 했다. "내가 혼내줄까?" 수현이 인상을 찡그리고 무서운 사람인 척 얼굴을 굳히자 지원은 됐다며 손을 저었다.

"미안하니까."

"응?"

"담임이 돼선, 애들 이름 하나 못 외우는 게."

그럴 때마다 내가 구제불능 선생처럼 느껴져. 수현은 대답하지 않았고 지원은 다시 잔디깎이로 손을 뻗었다.

마당에 있는 잔디를 반쯤 밀었을 때 지원은 잔디깎이를 그대로 두고 집으로 들어왔다. 수현은 부엌에 있었다. 거실 소파에 앉아 있던 복돌이가 지원의 뒤를 쫓아 부엌으로 들어왔다. 지원은 복돌이를 한 번 꼭 안아주었다. 지원의 어깻죽지 부근에서 풀썩 털이 날렸다. 털갈이를 하는지 요즘 날아다니는 털이 눈에 자주 들어왔다. 수현은 털이 들어가지 않도록 조심하면서 냄비에 유리 뚜껑을 덮었다. 소고기, 토마토, 양배추, 감자, 양파, 당근이 냄비 속에서 부글부글 끓고 있었다. 케첩과 소금으로 간을 한 러시아식 수프. 연우는 할머니가 집에

왔을 때 끓여주었던 수프라고 해서 그걸 할머니 수프라고 불렀다.

집 안에는 어디나 고양이털이 풀풀 날렸다. 고양이가 원래 털이 많이 빠지는 동물이라는 걸 알고, 감당하겠다고 입양을 결정하긴 했지만 예상보다도 더 많이 날렸다. 반짝이는 털들은 눈치채지 못하는 사이에 얼굴에 달라붙었다. 손으로 떼어내려고 해도 떨어지지 않고, 손가락 새에 달라붙어 어디에나 따라다녔다.

지원은 식탁에 반찬을 내려놓고 나서 전날 밤에 먹고 남은 새우볶음밥을 전자레인지에 넣고 타이머를 돌렸다. "수프가 잘됐어." 지원이 유리 뚜껑을 열고 국자로 수프를 휘저으며 말했다. 큼직한 고깃덩어리가 부글부글 끓고 있었다. 케첩으로 간을 한 수프는 이제 거의 스튜처럼 보였다. 지원이 냄비를 식탁에 올려놓고 전자레인지에서 볶음밥을 꺼내 가져오는 동안 수현은 손을 씻었다.

식탁 주변을 맴돌던 복자가 수현의 다리에 엉기며 몸을 비볐다. 꼬리털이 자꾸만 무릎을 간지럽혔다. 지원이 저리 가 있으라고 주의를 주었지만 복자는 듣지 않았다.

"이젠 아예 내 말은 듣지도 않아."

복자 진짜 나한테 너무한 거 아니야? 같이 살 때도 복자는 지원에게만은 살갑지 않았다. 수현의 무릎에 누워 골골거리다가도, 지원이 가까이 다가오면 얼른 캣타워로 도망가곤 했다. 복자가 날 싫어하나 봐. 수현은 웃으면 안 된다고 생각했지만 새어 나오는 웃음을 참을 수 없었다.

"걔는 잘생긴 거 좋아해."

"얘가 당신 닮아서 그런가 보네."

수현은 그건 그렇다며 웃고는 빈 잔에 소주를 따랐다. 스튜랑 소주라니 안 어울린다고 생각했지만 언제부턴가 수현은 주종과 안주를 딱히 따지지 않았다. 짬뽕탕에 위스키, 파전에 맥주, 김치볶음밥에 소주를 마시는 날도 있었다. "한 잔 할래?" 물었지만 지원은 고개를 저었다. 저녁을 먹고 일어날 생각이었다. 캠핑카는 대리도 부를 수 없었으니까. 수현은 지원의 시선을 따라 마당으로 눈길을 돌렸다.

"오늘은 그냥 자고 가."

"아냐. 차도 가져왔고."

"어차피 나 내일부터 집에 없어."

콘서트 보러 간다고 했잖아. 지원은 예정대로라면 내일부터 이틀간 제천 캠핑장에 가야 했지만 그 사실은 얘기하지 않았다. 누구와 함께 가기로 한 것도 아니었으니 다음에 가면 될 일이었다.

수현이 그 가수를 좋아한 지는 이제 일 년쯤 됐다. 텔레비전 앞에 멍하니 앉아 있다가 갑자기 쟤네를 좋아한다며 손가락으로 화면을 가리켰을 때를 지원은 잊지 않고 있었다. 평생 연예인 같은 건 관심 없는 줄 알았는데. 지원이 그렇게 말하자 수현은 작은 머리통을 부여잡았다. 그러게. 내가 미쳤나 봐. 그렇게 말하는 수현이 안쓰러워 지원은 그럴 수도 있지, 중얼거렸다. 그즈음 지원은 수현 몰래 중고로 작은 버스를 하나 샀다. 오백만 원짜리였다. 머리털을 뽑을 기세로 괴로워하는 수현을 위로하려고 그 사실을 얘기했다가 지원의 머리털이 다 쥐어뜯길 뻔했다. 언제 비상금을 오백만 원이나 모았어? 묻는 수현에게 지원은 버스치고 아주 싼 가격에 산 거라고, 그 버스를 캠핑카로 개조하겠다고 했다. 그건 어린 시절부터의 꿈이었다. 주말마다 캠핑을 좀 하려고. 수현은 제발 철 좀 들라고 소리를 지르려다가, 저나 지원이나 똑같다는 걸 알고는 입을 다물었다. 그 이야기를 나눈 후로 서로의 취미생활만은 건드리지 말자는 암묵적 합의가 이루어졌다. 그게 서로를 이해했다는 뜻은 아니었다.

수현은 말없이 수프를 휘젓고 있었다. 수프 위로 둥둥 떠오른 토마토 조각을 수저로 뭉갰다. 그리고 뭉개진 토마토를 입으로 가져갔다. 수현은 우물우물 토마토를 씹다가 말했다. 어차피 헤어진 마당에 이런 말하기 뭣하지만.

"가끔은 당신보다 걔네가 더 좋은 거 같아."

"그것 참 고맙네."

"뭐가?"

"그럼 가끔은 내가 더 좋았다는 거잖아."

"그게 그렇게 되나?" "그렇지." "뭔가 말리는 기분인데?"
수현은 다시 잔을 채우고 연거푸 비웠다. 내일 아침 일찍부
터 운전해서 서울까지 간다더니 그런 건 안중에도 없는 모양
이었다. 결국 지원이 남아 있는 소주병을 보이지 않는 곳으로
치우고 나서야 수현은 곯아떨어졌다.

◇

학기가 시작된 지 얼마 되지 않은 교실은 소란스러웠다.
지원은 식판에 밥을 받고 자리에 앉아 교실을 둘러보았다. 삼
삼오오 모여 앉은 애들은 뭐라도 한 마디 더 붙여보려고 애쓰
거나, 묵묵히 밥만 먹거나 했다. 오늘의 점심은 비린내가 물
씬 나는 삼치구이였다. 새로 온 영양사의 취향은 보통의 요리
보단 퓨전에 가까워서, 삼치에 카레 가루를 입히거나 탕수육
에 케첩 소스를 뿌리거나 달걀찜에 소시지를 넣거나 했다. 이
야심찬 시도가 성공적이었더라면 좋았을 텐데. 지원은 카레
가루를 입혀서 노랗게 물든 삼치 겉껍데기를 떼어내며 한숨
을 쉬었다. 어른이 되어서도 학교에 다녀서 나쁜 점 중에 하
나는 점심 메뉴를 고를 자유가 없다는 거였다. 그렇다고 애들

앞에서 편식을 하는 모습을 보일 수도 없었다. 아이들에겐 골고루 먹어야 한다고 말하곤 했지만 정작 지원은 먹는 음식보다 가리는 음식이 더 많았다. 해산물은 비린내가 나서 싫었고 익힌 호박은 흐물거리는 식감 때문에 싫었다. 연우보다도 가리는 음식이 많아서 수현은 제발 철 좀 들라며 지원을 타박하곤 했다. 철이 든다는 것과 음식을 골고루 먹는다는 것 사이의 상관관계는 없다고 하려다 지원은 연우의 머리를 쓰다듬으며 말했다. 연우야, 음식을 골고루 잘 먹는다고 어른이 되는 건 아니야. 나이만 먹는다고 다 어른인 건 아니거든.

그런 생각을 하며 애호박 국에 든 호박을 숟가락으로 밀어내는 데 집중하느라 지원은 바로 앞까지 학생이 다가온 것도 몰랐다. 아이가 "쌤." 하고 부르고 나서야 지원은 고개를 들었다.

얼굴은 눈에 익었는데 이름이 기억나지 않았다. 출석번호표에서 본 것도 같았는데. 6번이라는 것까지도 기억이 나는데 이상하게도 이름은 안개에 가려진 것처럼 뿌옜다. 이미 익숙한 일이라 지원이 아무렇지도 않은 척 "어, 왜?" 하고 묻자 아이는 손가락을 꿈지럭거리다 말했다.

"오늘 저희 엄마 학교 못 오신대요. 저 상담 다음에 하면 안 돼요?"

아예 안 하면 더 좋고요. 지원은 저도 모르게 아, 맞다, 할

뻔한 걸 참았다. 오늘부터 학부모 상담 주간이었다. 지난주에다 공지해놓고선 주말 동안 수현의 집에 다녀오느라 정신을 빼놓고 있었다. 허둥지둥 오늘 해야 할 일을 머릿속으로 짚어보다가 지원은 제 대답을 기다리고 있는 아이의 얼굴을 바라보았다. 콧등에 작은 점이 있는 아이.

"다음 주에는 어머니 오실 수 있어?"

"모르겠는데요."

"그럼 우선 너 혼자 와라."

진로 상담은 해야지. 그렇게 말하곤 지원은 식판을 들고 일어났다. 아이의 얼굴에 실망이 스쳐 지나갔다. 어머니가 안 오면 상담도 안 할 줄 알았던 모양이었다. 지원은 교실을 나서며 오늘의 일정을 다시 되짚었다. 공문 처리할 것들이 몇 있었고, 상담까지 하고 나면 늦은 저녁이나 돼야 일이 끝날 것 같았다. 벌써부터 피로했다. 양치질을 하려고 화장실 세면대 앞에 섰는데 수현에게서 문자메시지가 왔다. 일이 생겨서 서울에 하루만 더 있다가 갈 거 같아. 애들 밥 좀 부탁해. 지원은 나도 바빠, 라고 썼다가 이내 지웠다. 병원은 어쩌려고? 라고 썼다가 다시 지웠다. 알았어. 전송 버튼을 눌렀다. 고마워. 수현이 대답했다.

오후에는 수업이 없어서 계속 교무실에 앉아 있었다. 처리해야 할 공문을 들여다보다가, 졸다 깨다 졸다 깨다를 반복했다. 지원이 처음 학교 선생님이라고 했을 때 수현은 믿지 않았다. "그렇게 사람이 순해서 어떻게 선생님 해요?" 수현은 강아지 배를 꾹꾹 누르며 말을 이었다. "애들이 막, 우습게 보고 그러지 않나?" 실제로 틀린 말도 아니라서 지원은 애매하게 말끝을 흐리며 웃었다. "그러게요." 그 시절 지원은 이제 막 부임한 교사였는데 모든 게 제 마음 같지 않았다. 생각보다 많은 잡무와 말 안 듣는 애들, 이리저리 꼬인 인간관계에 치이다 집에 오면 맥주 한 캔에 야구 경기나 보다 잠들기 일쑤였다. 홈런을 맞은 투수의 얼빠진 얼굴을 보며 생각했다. 이게 정말 내가 꿈꾸던 교사인가? 매너리즘에 빠질 나이는 아니었지만 제 성격에 교사가 어울리는지 의심스러웠다. 그러니 수현의 말도 틀린 건 아니었다. 수현은 자, 다 끝났다, 하고 강아지 머리를 쓰다듬었다. 지원이 길에서 데려온 강아지였다. 다리를 다쳤는지 내내 끙끙거리는 게 안쓰러워 두고 볼 수가 없었다. 생각보다도 훨씬 비싼 병원비에 놀라며 지갑을 꺼내 드는데 수현이 말했다.

"이럴 땐 그러게요, 하면 안 돼요."

"네?"

"무례한 말을 들었을 때는 화를 내야죠."

그렇게 말하며 수현은 미안하다고 덧붙였다. "제가 가끔 이래요. 생각 안 하고 말이 막 튀어나오고." 수현은 강아지를 품에 한 번 꼭 안았다가 지원에게 건네주었다.

"애 이름은 정했어요?"

"네."

"이름이 뭐예요?"

"서춘수요."

수현은 웃지 않기 위해 입술을 꼭 깨물어야 했다. "제가 김춘수 시인을 좋아해서요." 지원이 덧붙였다. 수현은 그게 애 이름이랑 무슨 상관이냐고 물었고 지원은 대답하지 못했다. 그때 지원이 데려온 춘수를 몇 년 후에 두 사람이 같이 키우기 시작했다. 열다섯 살이 된 춘수를 두 사람의 손으로 보내줄 때까지.

지원은 앞에 앉은 아이의 얼굴과 진로 상담 조사서를 번갈아 들여다봤다. 점심시간에 지원에게 어머니가 못 온다고 했던 학생이었다. 콧등에 작은 점이 있는 아이. 진로 상담 조사서에 2학년 1반 6번 김예림이라고 쓰여 있는 걸 지원은 한참 쳐다봤다. 아이의 장래희망에 공무원, 부모님의 장래희망에도 공무원이라고 적혀 있었다. 요즘 진로 상담을 하면 열에 다섯은 공무원이었다. 어쩌면 더 많을지도 몰랐다. 아직 6번까지밖에 진로 상담을 하지 않았으니까. 지원은 책상 위 바구니에 잔뜩 들어 있는 캐러멜을 한 움큼 손에 쥐었다. 그리고 예림에게 건넸다. 예림은 됐다고 고개를 젓다가 마지못해 캐러멜을 받았다. 지원은 수업 시간에 질문했을 때, 맞히는 애들에게 주기 위해 책상 한구석에 캐러멜을 모았다. 애들이 도통 입을 안 열어. 수업 시간 내내 혼자 떠드는 거 같아. 그렇게 말했을 때 수현이 조언해준 방법이었다. 지원은 처음엔 반신반의했다. 이깟 캐러멜이 뭐라고. 그러나 뭐라도 보상이 있으면 말을 하지 않을까 했던 수현의 조언은 유효했고 애들은 질문을 무시하지 않고 조금씩 대답을 해주기 시작했다.

"캐러멜 싫어해?"

"저 별로 단 거 안 좋아해요."

애들은 무조건 단 거 좋아할 거라는 거 그거 편견이거든요. 지원은 고개를 끄덕였다. 그렇구나. 연우는 단 걸 참 좋아했다. 사탕이나 초콜릿, 캐러멜을 입에 달고 살아서 이가 자주 썩었다. 치과에 가는 건 또 어찌나 싫어했는지 한 번 데리고 가려면 현관 앞에서 한참 실랑이를 해야 했다. 그냥 병원에는 그렇게 씩씩하게 갔으면서 치과에 가는 걸 유독 무서워했다. 그래서 지원은 애들이란 다 그런 줄로 알았다.

"정말 공무원이 되고 싶어?"

지원이 그렇게 묻자 예림은 얼굴을 찡그렸다. 무슨 말을 해야 할지 모르겠다는 얼굴로 한참 앉아 있다가 말했다. "잘 모르겠는데요."

비밀번호는 그대로였다. 춘수와 연우의 생일을 합친 여덟 자리. 춘수를 길에서 주운 날을 생일로 정했으니 정확히 말하자면 지원과 수현이 처음 만난 날과 연우의 생일을 합친 여덟 자리였다. 지원은 비밀번호를 누르다 말고 멍하니 멈춰 섰다. 잡초를 말끔하게 뽑아낸 마당이 낯설어 살던 집 같지가 않았다. 손목에 걸어 놓은 편의점 봉투가 바람에 바스락거렸다. 지원은 다시 비밀번호를 누르고 현관으로 들어갔다. 복순, 복자, 복돌이 차례대로 현관 쪽으로 얼굴을 내밀었다. 복자는 지원인 걸 확인하고는 홱 돌아서 왔던 방향으로 사라졌다. 지원은 구두를 벗어놓고 들어오면서 투덜거렸다. "복자야, 내가 너 밥 주러 온 건데 좀 반가워하는 척이라도 해주라." 복자는 들은 척도 안 했지만 지원은 옷도 벗어 놓기 전에 고양이 사료부터 찾았다.

고양이 밥부터 주고, 컵라면에 맥주 두어 캔을 마시고 나서 지원은 소파에 늘어졌다. 소파 머리맡에 놓인 행운목이 노랗게 변해 있었다. 수현이 어디선가 선물로 받아온 화분이었다. 이걸 집에 놓으면 행운을 가져다준대. 수현이 애지중지하던 화분이라 혹시나 살아날까 싶어 물을 한 컵 주고 다시 누웠다. 적막한 집 안이 익숙하지가 않아서 텔레비전을 틀었다. 프로 야구 경기가 한창이었다. 응원하는 팀은 늘 그랬듯이 오늘도 지고 있었다. "한화 우승하는 거 내가 죽기 전에는 한 번

볼 수 있을까?" 언젠가 수현에게 그렇게 물었을 때 수현은 눈을 동그랗게 뜨고 되물었다. "이기고 지는 거 신경 쓰고 있었어?" 수현은 양치질하던 칫솔을 물고 웅얼거렸다. "난 당신이 그런 덴 관심 없는 줄 알았는데." 수현의 말대로 승패에 관심이 있었다면 진즉에 다른 팀으로 갈아탔어야 했다. 지원은 야구장에서 〈나는 행복합니다〉 응원가를 부를 때를 가장 좋아했다. 나는 행복합니다, 나는 행복합니다, 이글스라 행복합니다. 그 노래를 부를 때면 옆에 앉아 얌전히 감자튀김을 먹고 있던 연우가 웃곤 했다. "아빠 진짜 행복해?" "그럼." "맨날 지는데 뭐가 행복해." "연우야, 이기고 지는 게 중요한 건 아니야." "그럼 뭐가 중요해?" 연우가 그렇게 물었을 때 뭐라고 대답했는지 기억이 나지 않았다. 지원은 텔레비전을 끄고 맥주캔을 모아 들고 일어났다. 안방에서 잘 수 있을 것 같지도 않았고, 소파에서 잘 수 있을 것 같지도 않았다. 지원은 마당 앞에 세워 둔 캠핑카로 걸음을 옮겼다.

캠핑카는 어느새 제법 그럴듯한 모양새를 갖췄다. 처음에 버스를 샀을 때는 텅텅 비어 있었는데 이제 침대 매트리스도 있고, 가스레인지도 있고, 물통이 달린 간이 정수기도 있고, 작은 텔레비전도 있었다. 전부 지원이 직접 사거나 만든 것들이었다. 지원은 집을 나와서부터는 캠핑카에서 먹고 자고 했다. 불편한 건 화장실이 없어서 씻는 건 목욕탕에 가야 한다는 것뿐이었다. 지원은 학교 근처 목욕탕의 정기 이용권을 끊었다. 볼일은 그때그때 눈에 보이는 화장실에서 해결했다. 처음 버스를 보고 이게 어떻게 캠핑카가 되냐고 인상을 찌푸렸던 수현도 가끔 캠핑카에 소주를 마시러 왔다. 날씨가 좋은 날에는 차 지붕에 나 있는 창을 열고 누워서 밤하늘을 올려다봤다. 수현이 술을 마시러 오는 건 대개 동물병원에서 무슨 일이 있을 때였다. 수현은 처음에는 아무 말도 하지 않고 소주만 들이켜다가, 두 병을 넘어갈 때쯤에서 말을 꺼냈다. "호두라는 애가 있는데 말이야." 하면서. 이름은 호두일 때도 있었고, 또리일 때도 있었고, 코코일 때도 있었다. 지원이 고개를 끄덕이면 수현은 이야기를 줄줄 꺼내 놓았다. 십수 년을 보아온 녀석이 폐종양을 앓다가 수현의 품에서 숨을 거둔 날이었다.

"보호자가 안락사를 해달라고 했고, 나도 그게 그나마 고통을 더는 방법이란 걸 알아."

수현은 소주랑 같이 사들고 온 닭발을 젓가락으로 뒤적이며 말을 이었다. "가망이 없었거든. 애는 괴로워하고, 그걸 지켜보는 가족들도 괴로워하고." 수현은 안락사 요청이 있을 때 신중하게 결정하는 편이었다. 회생 가능성이 전혀 없다고 판단되며, 보호자 가족들이 전부 동의한 상태이고, 다른 수의사들도 이견이 없을 때 안락사를 진행한다. 그럼에도 생명을 제 손으로 중단시킨다는 건 힘겨운 일이었다. 지원은 묵묵히 수현의 잔을 채웠다.

"나 처음 수의사로 일할 때 말이야, 내 담당은 아니었는데 그때도 폐종양을 앓던 애가 있었어. 그때 보호자는 버틸 수 있을 때까지 버텨보겠다고 했어. 근데 버텨도 일주일이더라고. 그날 저녁에 담당 쌤이랑 둘이서 소주 한잔하는데 삼겹살이 도저히 안 넘어가더라. 선배 지금 고기가 넘어가? 그랬더니 선배가 그러더라고. 담당 환자 보낼 때마다 진상 떨고 있으면 수의사 계속 못 한다고."

수현은 그렇게 말하고는 선배 말투를 흉내 냈다.

"야, 퇴근하는 순간 머리에서 담당하는 애들 생각 싹 지워야 해. 안 그럼 네가 먼저 쓰러지거나 정신병원 가거나 둘 중 하나야."

수현이 웃었고 지원도 따라 웃었다. 그때 일하던 병원의 그 선배는 지원도 오며 가며 몇 번 본 사람이었다. 바싹 마른 팔과 무표정한 인상이 기억에 남아 있었다. 병원에서 누군가 실수를 할 때마다 특유의 말투로 잘못을 조목조목 따져 화를 내는 걸로 유명했다. 간호사들은 그녀를 냉혈 동물이라고 불렀다. 수현도 그렇게 생각했다. 담당하던 애가 죽은 날에 어떻게 고기가 목구멍으로 넘어가? 퇴근하고 나면 애들 이름도 생각 안 하려고 노력해야 한다는 선배가 피도 눈물도 없는 거라고, 아이들을 정말로 사랑하면 그럴 수는 없다고 생각했다. 수현은 소주병을 탈탈 털어 잔을 채웠다. 이제는 선배가 옳았다는 걸 알았다. 일에서 감정을 분리해야 애들이 살 수 있는 확률이 높아진다는 것도. 하지만 알면서도 어쩔 수 없는 것들이 있었다. 수현은 웃으며 말을 이었다.

"아직도 이렇게 진상을 떠는 걸 보면 그러니까 나는 구제불능 수의사인 거지."

지원은 그렇게 말하며 웃던 수현의 얼굴을 떠올렸다. 저는 구제불능 선생, 수현은 구제불능 수의사. 참 잘 어울리는 한 쌍이라는 생각이 들었다가 고개를 저었다. 수현은 지원에게 왜 캠핑카를 샀냐고 묻지 않았다. 지원도 수현에게 왜 그 가수를 좋아하게 됐냐고 묻지 않았다. 왜 헤어지자고 했는지도 말하지 않았다. 언젠가 수현과 함께 캠핑카에 누워 지붕에 난 창을 보고 있던 날이었다. 수현이 문득 그랬다. 연우 어렸을 때 말이야.

"엄마는 나중에 커서 뭐가 되고 싶냐고 물어봤던 적이 있어."

엄마는 이미 다 커서, 더 이상 뭐가 될 수가 없어. 그렇게 말해도 연우는 이해를 못하더라고. 그러면서 이렇게 말하는 거야. 지원은 숨을 크게 들이쉬었다가 멈췄다. 그다음에 올 말이 무엇인지 알고 있었다.

"더 크면 말이야. 난 토끼가 될 거야."

어릴 때 연우가 입에 달고 살던 말이었다. 수현이 가끔 동물병원에 데려갈 때마다 연우는 강아지도 고양이도 아닌 토끼 앞에 한참을 멈춰 서 있었다. 연우가 토끼가 되고 싶다고 말하면 동물병원에 있던 사람들이 다 웃음을 터뜨렸다. 어린아이의 말도 안 되는 소원을 귀여워하면서. 연우는 지원에게도 나중에 커서 뭐가 되고 싶냐고 물었다. 지원은 그 사랑스러운 질문에 답했다. 연우가 토끼가 되면 아빠는 아빠 토끼 해야지.

지원은 연우에게 왜 토끼가 되고 싶었냐고 묻지 않았다. 하지만 예림에게는 왜 공무원이 되고 싶냐고 물어야 했다. 그러자 예림은 공무원이 되면 좋은 점을 몇 가지 손에 꼽으며 마지막에 덧붙였다. "제가 공무원 되는 게 우리 엄마 소원이래요." 지원은 고개를 끄덕였다. 그렇구나. 이쯤에서 상담을 끝내고 장래희망에 공무원이라고 적어 넣으면 끝이었다. 지원은 캐러멜의 포장지를 느릿느릿 깠다. 입속에 넣고 굴려도 이게 단지 잘 모르겠다고 생각했다. 일을 복잡하게 만들고 싶지 않았다. 당장 눈앞에 있는 일들만 해도 산더미였다. 상담을 해야 하는 애들도 줄줄이 있었다. 그런데 예림을 또 불러 앉혀 놓고 왜 공무원이 되려는지 물어볼 필요가 있었을까 싶었다. 상담을 하기 전에 수현에게서 문자메시지가 왔다. 오늘 못 갈 거 같아. 하루만 더 애들 밥 좀 부탁해. 지원은 하루만이 언제까진데? 라고 썼다가 이내 지웠다. 입원해 있던 애들이 다 퇴원한 건 알고 있었지만 며칠 내내 닫아둔 병원이 신경 쓰였다. 그렇게 무책임하게 가버리면 나더러 어쩌라고? 결국 답장을 하지 못한 채로 핸드폰을 엎어 놓았다. 예림이 말을 이었다. "고등학교 가서부터 준비하면 졸업하고 바로 합격할 수 있대요." 지원은 이미 고등학교까지의 계획을 세워 놓은 이 아이에게 무슨 말을 해야 할지 모르겠다고 느꼈다. 현실적으로 맞는 말만 하고 있는데 야 인마 너 꿈이 그게 뭐냐? 애들은 꿈을 크게 가져야지, 잔소리하며 허황된 꿈이나 좇으라고 말하는 게 옳은 건지 알 수 없었다. 일단 지원 스스로가 그렇게 올바른 사람이 아니었다. 공무원 좋지, 좋은데.

"어머니 생각 말고 네 생각은?"

"그런 거 생각해본 적 없는데요." 지원은 책상 위 바구니에 잔뜩 들어 있는 캐러멜을 한 움큼 손에 쥐었다. 그리고 예림에게 건넸다. 예림은 또 마지못해 캐러멜을 받았다. "단 거별로 안 좋아한다니까요." 지원은 웃었다.

"그런 거 말이야."

"네?"

"좋아하는 거랑 안 좋아하는 거. 있잖아."

사람은 그런 걸 많이 모아야 해. 연우는 토끼를 좋아하고, 캐러멜을 좋아하고, 주말에 야구장에서 먹는 감자튀김을 좋아했다. 지원은 중학교에 들어간 이후의 연우가 뭐가 되고 싶은지 물어본 적이 없었다. 여전히 토끼가 되고 싶다면 토끼가 되어도 좋다고 말해주고 싶었다. 예림은 손에 담긴 캐러멜을 보다가 주머니에 넣었다. 지원은 가보라고 손짓했다. 예림은 일어나 문 앞에 서서 한참 머뭇거리다 말했다.

"쌤이 그렇게 말하니까 이상해요."

지원이 가만히 예림의 얼굴을 바라보자 예림이 다시 물었다. "좋아하는 거 안 좋아하는 거, 선생님한테는 있었어요?"

그런 걸 생각해본 지 너무 오래돼서 지원은 예림에게 대답을 해줄 수가 없었다. 우습게도 오래 남아 밑바닥에 가라앉은 기억은 대개 하찮고 사소한 것들이었다. 그 당시에는 아무 의미도 없던 것들. 이를테면 주말 오후 야구장에서 듣던 휘슬 소리와 캐러멜 상자, 유자향이 나는 핸드크림과 너무 많이 발랐으니 가져가라고 내밀었던 손 같은 것. 주머니에서 굴러다니던 토끼 인형 머리끈 같은 것들. 집에 오는 동안 세 번이나 수현에게 전화를 걸었지만 수현은 받지 않았다. 지원은 공중전화 앞에 있는 벤치에 앉았다. 아무도 사용하지 않는데도 공중전화는 지원과 수현이 이사 왔을 때부터 그 동네에 있었다. 지원은 고대 유물처럼 자리를 지키고 있는 공중전화박스를 바라보았다. 수현이 내일은 집에 돌아올까. 지원은 어쩌면 수현이 돌아오지 않을지도 모른다고 생각했다. 수현이 돌아오지 않으면 삼 남매는 어떻게 해야 할까, 집은 어떻게 할까, 동물병원은 어떻게 해야 할까. 고민하고 있는데 핸드폰이 울렸다. 수현이었다.

"나야."

"응."

"지금 딱 맥주 한 잔 마시려던 참이었는데."

"그거 규칙 위반이야."

수현과 지원은 결혼하면서 몇 가지 규칙을 정했는데 그 중 하나가 혼자서 술 마시지 않기였다. 먼저 밥을 다 먹어도 상대방이 다 먹을 때까지 식탁을 떠나지 않기. 아무리 바빠도 주말엔 꼭 같이 저녁 먹기. 신혼여행을 가는 날 비행기에서 종이에 줄줄이 적어 내렸던 규칙 중에 십오 년 가까이 살아남은 건 혼자서 술 마시지 않기 하나뿐이었다. 수현이 말했다. "어차피 헤어졌는데 뭐." 수현의 말대로 규칙은 이제 아무 짝에도 쓸모가 없었다. 지원은 할 말이 없어 벤치 끝만 손가락으로 만지작거렸다. 바깥인지 수화기 너머는 소란스러웠다. 수현이 '저기, 던힐 프로스트 하나 주세요.' 하고 말하는 소리가 들렸다. 지원이 입을 다물고 있자 수현은 한숨을 쉬었다. "미안. 또 이런다. 생각 안 하고 막말하고." 지원은 아니라고 고개를 저었다. 그런다고 보이는 것도 아니었는데. 지원이 말했다.

"마시고 싶음 마셔. 지금 슈퍼야?"

나도 여기서 마실 테니까. 지원은 천천히 집 쪽으로 걸었다.

아직 술은 마시기도 전이었는데 몇 번이나 손이 미끄러졌다. 비밀번호를 제대로 누르지 못하고 헛돌던 손이 겨우 맞는 비밀번호를 눌렀을 때엔 이미 현관 앞에 삼 남매가 마중 나와 있었다. 복자는 지원인 걸 확인하고는 미련도 없이 돌아서 왔던 방향으로 사라졌다. 지원은 전화기를 붙잡고 툴툴거렸다. "복자가 당신 아니면 거들떠도 안 봐." 지원은 고양이 사료를 찾아서 밥그릇에 부어놓고 목과 어깨 사이에 걸쳐두었던 전화기를 바로잡았다. "언제 올 거야?" 지원의 물음에 수현은 "나 길 잃어버린 거 같아." 하고 대답했다. 지원은 그 말을 흘려들으며 컵라면을 뜯어 물을 부었다. 한두 번 있는 일도 아니었다. 내비게이션만 있으면 어디나 갈 수 있는 요즘 같은 세상엔 길을 잃어버리는 게 그리 큰일도 아니었다. "그럼 택시 타. 묵고 있는 호텔 얘기하면 되잖아. 주변에 뭐 보이는 거 없어?" 수현은 어, 하고 말을 끌다가 대답했다.

"슈퍼에서 나와서 그냥 쭉 걸었거든. 당신도 알지, 나 길치인 거."

"알지."

연애할 때도 수현은 약속 시간에 삼십 분, 한 시간씩 늦곤했다. 처음엔 마음에 안 든다는 티를 이런 식으로 내는 건가싶었다. 대체 어떻게 하면 광화문 네거리 앞에서 보기로 했는데 안국동에 가 있는 건지 알 수가 없었다. 전화를 걸어 눈앞에 있는 걸 말해보라고 하면 표지판이나 건물이 아니라 세워져 있는 오토바이, 방금 눈앞에 지나간 고양이 같은 걸 짚어이야기했다. 처음엔 놀리는 건가 했는데 그게 아니란 걸 알고나서야 지원은 수현이 원래 그런 사람이라는 걸 알았다. 호텔앞에 있는 슈퍼에 갔다가도 길을 잃어버릴 수 있는 사람. 그런 수현이 서울에 혼자 콘서트를 보러 가겠다고 했을 때 지원은 가지 말라고 말할 수 없었다.

"길 잃어버리면 내가 뭐라 그랬어. 가만히 서서 표지판부터 찾으라고 했잖아."

수화기 너머에서 돌아오는 대답이 없었다. 지원은 컵라면을 젓가락으로 휘저으며 기다렸다. 전화를 하는 동안 라면이다 불었다. 지원은 몇 젓가락 뜨다가 불어터진 라면을 개수대에 쏟아 부었다. 맥주를 한 캔 따서 입에 털어 넣고 말했다. "와서 놀랄까 봐 미리 말해두는 건데, 놀라지 말고 들어."

“뭐가?”

“행운목이 시들어버렸어.”

“알고 있는데.”

“어떻게 알았어?”

“마지막 순간을 보고 왔거든.”

알고 있었어? 지원은 금세 비워진 캔을 휴지통에 던져 넣었다. 그리고 다음 캔을 땄다. “택시 탔어?” 지원의 물음에 수현은 아니라고 말했다.

“뭐가 보여?”

“공원. 가로등. 은행나무.”

“길에서 술 마시지 마.”

“어떻게 알았어?”

“그냥 알지.”

중간에 한 번 배터리가 다 되는 소리가 났고, 지원은 전화를 끊고 배터리를 갈아야만 했다. 맥주 네 캔이면 많지도 않은데 저녁을 먹지 않아서인지 몸에 빨리 돌았다. 시야가 함께 핑 돌았다. 핸드폰이 켜지는 동안 지원은 눈을 감고 〈나는 행복합니다〉 응원가를 속으로 되풀이해서 불렀다. 나는 행복합니다, 나는 행복합니다, 이글스라 행복합니다. 그렇게 부르고 나니 정말 그런 기분이 드는 것도 같았다. 다시 전화를 걸었다. 수현이 받자마자 지원은 물었다. 그런데 있잖아 현아.

"비밀번호, 왜 안 바꿨어?"

나는 잘 모르겠어. 저걸 누를 때마다 나는. 지원은 말을 하다 손바닥으로 입을 가렸다. 수화기 너머에서 돌아오는 대답은 없었다. 지원은 자리에서 일어나 개수대 앞에 서서 창밖을 내다보았다. 해가 저물고 있었다. 나뭇가지 사이로 노랗게, 붉게, 보랏빛으로 물들어가는 하늘을 바라보다가 마당을 보았다. 수현이 집을 팔아야겠다고 연락을 했을 때 지원은 애써 호흡을 가다듬고 담담하게 그러자고 했다. 수현이 홀로 집에서 견딘 시간들을 가늠할 수조차 없었다. 오랜 시간 지원은 집을 팔자고 했고 수현은 그럴 수 없다고 버텼다. 결국 지원 혼자 도망쳤다. 지원은 사물의 이름을 지우는 방식으로, 수현은 이름을 부르는 방식으로 시간을 견뎠다. 수화기 너머에서 끅끅, 울음을 참는 소리가 들렸다. 수현이 말했다. "내가 그걸 어떻게 바꿔?" 몇 번이고 말해도 부족하다는 듯 다시, 다시 되풀이해서 말했다. "그걸 어떻게 바꿔." 지원은 전화기를 잡지 않은 손으로 창문을 열었다. 잡초를 말끔하게 뽑아낸 자리에 다시 잡초가 돋아나 있었다.

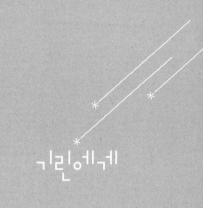

기린에게

"제 선인장이 자꾸 집을 나가요."

내 말에 상담사가 책갈피를 끼워 책을 덮고 고개를 들었다. 나는 몇 번 말을 더듬다가 겨우겨우 다음 문장을 완성할 수 있었다. "변했어요. 원래는 집에서 얌전하게 기다리거나 집 바로 앞에 있는 가로등 밑에 앉아 기다렸는데, 요즘은 자기 혼자 막 돌아다녀요. 집에 들어갔을 때 화분에 아무것도 없는 날이, 그러니까 어제까지 합하면 열흘째네요." 상담사가 차트에 뭔가 빠르게 휘갈겨 썼다. 항상 뭐라고 쓰는 걸까 궁금했지만 막상 보여준다고 하면 한 발 물러날 것 같았다. 아마 내가 미쳤다고 쓰고 있겠지. 상담사가 물었다. "그래서 기분이 어땠어요?"

나는 내 몫으로 주어진 녹차를 한 모금 마셨다. 상담사는 재촉하지 않았다. 곰곰이 생각하는 동안 침묵이 흘렀다. 이게 진짜 내가 하고 싶은 얘기인가? 잘 모르겠다. 정말 모르겠다. 조금 시간이 흐르고 나서야 겨우 한 마디를 꺼내 놓을 수 있었다.

"잘 모르겠어요."

상담을 시작한 지는 1년이 조금 안 됐다. 처음엔 망설였다. 상담이라는 사치를 부릴 정도로 여분의 시간도, 돈도 많지 않았다. 새로 다니기 시작한 어린이 교재 회사는 사람을 갈아서 교재를 만들었다. 집에 와서 씻고 지쳐 잠들면 다시 출근하는 날이 이어졌다. 꾹꾹 눌러 참다가 이대로는 도저히 살 수가 없어서 연차를 내고 회사고 뭐고 모든 걸 팽개치고 상담소를 찾은 게 작년 가을이었다. 첫날 상담은 엉망진창이었다. 상담사는 내내 내 기분이 어떠냐고 물었고 나는 모르겠다고 대답했다. 자꾸 말을 거는 상담사에게 말했다.

"제가 말하고 싶을 때 말할 수 있게 해주세요."

상담사는 알았다고 고개를 끄덕였다. 결국 두 시간 내내 앉아 있기만 하다가 돌아갔다. 그날 이후부터 상담사는 나에게 굳이 말을 걸거나 귀찮게 하지 않았다. 나는 멍하니 소파에 앉아서 허공을 바라보거나 메모지에 낙서를 하면서 시간을 보냈다. 상담사는 몇 번 뭘 그렇게 열심히 그리냐고 내 메모지를 궁금해했지만 내가 끝까지 보여주지 않으니 그것도 이내 그만두었다.

할 말이 없었냐 하면 그건 아니었다. 다만 아직 정리가 되지 않았을 뿐이었다. 돈을 허공에 뿌리는 심정으로 상담을 계속했고 나는 네 번 만에야 기린에 대해 이야기할 수 있었다.

"선인장을 하나 기르는데요."

내가 입을 열자 상담사가 고개를 들었다. 나는 말을 이었다. "의사 선생님이 뭐라도 길러보는 게 어떻겠냐고 해서, 집에 가다가 꽃집에서 그냥 샀어요. 아저씨한테 뭐가 기르기 쉽냐고 물어보니까 이것저것 추천해주던데. 저는 물 주는 거 까먹어도 살 수 있을 만한 놈으로 달라고 했어요. 제가 좀, 건망증이 심해서요. 이것저것 까먹어요. 어릴 때부터 우산이나 샤프 같은 건 심심찮게 잃어버렸어요. 그래서 손등에 컴퓨터용 사인펜으로 커다랗게 '우산'이라고 적어 놓기도 했는데…… 그게 지금도 나아진 건 아니라서, 어떨 때는 밥 먹는 걸 까먹기도 해요." 이 대목에서 상담사가 그럴 수도 있다며 고개를 끄덕였다. 나처럼 밥 먹는 걸 까먹는 사람이 꽤 있나 보다, 생각했다. 어쩌면 선생님도 나처럼 별생각 없이 말하고 있는지도 모른다.

"아무튼, 선인장을 사서 집에 와가지고 볕이 제일 잘 드는 데다가 놔두고 잤어요. 집이 북향이라 어차피 햇빛이 잘 들지도 않았지만요. 사실 금방 죽을 거라고 생각했어요. 제가 뭘 챙기고 기르고 그런 게 적성에 안 맞아요. 선인장도 며칠 지나고 나니까 비실비실한 게, 꼭 죽을 것 같더라구요. 그래도 물 줘야지, 줘야지 하면서 계속 까먹었는데…… 그날은 여러 모로 뭔가 이상했어요."

비가 내리는 날이었다. 장 보러 슈퍼에 나갔다 왔더니 화분에 선인장이 없었다. 멀쩡하게 흙 위에 뿌리내리고 있던 것이 감쪽같이 사라진 것이다. 아예 선인장 같은 건 처음부터 없었던 것처럼. 나는 그게 말라죽어버린 건 아닐까 생각했다. 하지만 말라죽었다면 시체 정도는 남았어야 되지 않았을까. 그런 생각을 하는 사이에 초인종이 울렸다. 누군가 현관을 두드리고 있었다. 네, 나가요. 문을 열자 내 키의 반 정도 올까 싶은 작은 남자애가 나를 올려다보고 있었다. 비에 흠뻑 젖은 채로. 그 되바라진 남자애가 말했다.

죽을 뻔했잖아요. 한 달째 물도 안 주고. 진짜 나 죽이려고 했어요?

내가 멍청하게 보고 있는 사이에 그 애가 열린 문틈으로 뚜벅뚜벅 걸어 들어왔다. 젖은 머리를 탈탈 털면서. 그래서 내 옷에도 물방울이 좀 튀었는데, 그런 거엔 아랑곳하지 않고 그

애는 화분에 발을 디뎠다. 그리고 내가 눈을 깜빡이는 사이에 선인장으로 돌아갔다.

"그게 너무 자연스러워서, 저는 뭔가 할 생각도 못 하고 화분만 쳐다보고 있었어요. 가시에 맺힌 물방울이 굴러 떨어지는 걸 보고 빗방울이 차갑구나 따위의 생각을 하면서."

내가 말을 마치자 상담사가 그럴 수도 있다며 고개를 끄덕였다. 그리고 빠른 속도로 차트에 무언가를 기록했다. 역시 누가 무슨 황당한 소리를 해도 '그럴 수도 있지' 말해주는 게 이 상담의 룰인 게 분명했다. 마음에 안 드는 것투성이인 이 시간에서 유일하게 그건 좀 마음에 들었다.

손가락이 아프기 시작했다. 그저께 선인장 가시에 찔린 뒤부터였다. 분갈이를 한 번 해줄까 싶어서 화분에 무심코 손을 대다가 가시에 찔렸다. 피가 흐를 것처럼 하다가 그냥 맺히고 딱지가 졌다. 소독하고 연고 바르고 할 수준은 아닌 것 같아서 그대로 방치해뒀더니 물에 닿을 때마다 바늘로 쿡쿡 쑤시는 것처럼 따끔거렸다. 아침에 세수할 때마다 아파서 그제야 연고를 바르려고 봤더니 어디를 다쳤는지 알 수 없을 정도로 상처의 흔적이 없었다. 그래서 내버려뒀는데 주간 보고를 타이핑하는 내내 손가락이 아팠다.

밴드라도 사서 붙이려고 집에 오는 길에 편의점에 들렀다.

밴드만 사서 나오려는데 의약품 코너 바로 앞 초콜릿 코너에 가나슈가 있었다. 가나슈를 사면 하나 더 주는 행사가 진행 중이었다. 가나슈는 기린이 제일 좋아하는 음식이다. 처음 초콜릿을 먹게 내버려뒀을 때 식물에게 이런 걸 먹여도 되나, 싶었는데 먹는다고 해서 죽을 것 같진 않았다. 풀떼기 주제에 물이나 먹을 것이지 맛있는 건 귀신같이 알고 밝혔다. 나는 가나슈를 하나 집어 들었다. 다른 하나가 거기에 딸려 왔다.

선인장의 이름은 홍기린이다. 꽃집 아저씨가 물을 자주 안 줘도 되는 녀석이라고 추천해주며 말해준 이름이었다. 선인장이 무슨 기린이야. 내가 그렇게 말하면 기린은 식식거리면서 나를 흘겨봤다. 나는 그럴 때마다 기린이 내가 아는 그 목이 긴 기린인지, 전설 속에 나오는 상상의 동물, 하루에 천리를 달린다는 말인지 그게 궁금했다. 어차피 물어봤자 기린은 둘 다 모른다고 고개를 저을 테지만. 이름을 지어주기 귀찮아서 성만 떼고 기린이라고 불렀다. 기린은 비가 오는 날에만 사람이 되었다. 덕분에 나는 물을 안 줘도 돼서 편했다. 그러니까, 기린은 내가 챙기거나 길러주지 않아도 알아서 잘 살았다. 그 점이 마음에 들었다. 평소에는 화분에 얌전하게 뿌리내리고 있었기 때문에 나를 귀찮게 하거나 번거롭게 하지도 않았다. 의사가 처음에 길러보라고 한 건 동물이었는데 군이 뭘 길러야 한다면 식물이 낫겠다고 생각했던 것도 그 이유 때문이었다. 사실 난 기린이 동물인지 식물인지 이제 좀 헷갈렸다.

편의점에서 나왔을 때 비가 내리고 있었다. 장마의 시작이었다. 어제저녁 일기예보에서 중부 지방 장마가 유월 말부터 시작된다고 하는 걸 들은 기억이 났다. 빨간 우산을 든 여자가 빗방울을 튀기며 지나갔다. 나는 한숨을 쉬고 가방에서 삼단 우산을 꺼냈다. 비 싫은데. 언제부턴가 놀랍게도 몸이 비가 오는 걸 알려준다. 아침부터 몸이 여기저기 결렸다.

집에 가면 기린이 있을 거라고 생각했다. 골목길 어귀에 접어들면서 우산이 바람에 한 번 뒤집어졌다. 순식간에 빗방울이 몸을 덮었다. 뒤집힌 우산을 되돌리려고 끙끙대는데 골목 위에서 기린이 뛰어 내려왔다.

늦었잖아요.

내 앞에 멈춰 서서 그렇게 말하며 기린은 새까만 머리를 탈탈 털었다. 물방울이 얼굴에 튀었다. 빗방울이 이미 몸을 적셔서 이번에는 별로 티가 안 났다. 오랜만에 비를 맞아서 그런지 기린은 기분이 좋아 보였다. 나는 우산 뒤집는 걸 포기하고 걷기 시작했다. 기린이 뒤따라오며 물었다. 무슨 일 있었어요? "아니." 나는 들고 있던 비닐봉지를 기린의 손에 쥐여주었다. 역시 가나슈는 사지 말걸 그랬다.

다시 비가 오려는지 여덟 시가 넘었는데도 창문 밖이 어두컴컴했다. 출근을 하려고 일어나 세수를 하고 나서 손가락에 연고를 발랐다. 하얗고 꾸득꾸득한 것이 손가락을 뒤덮고 있는 걸 보고 있으면 금방 나을 것도 같았는데 아직도 통증은 그대로였다.

비가 쏟아지기 직전, 나는 선인장의 몸통에 뭔가가 돋아나 있는 것을 발견했다. 하얀 좁쌀 같은 것이 우두두 올라와 있었다. 대수롭지 않게 넘기고 거실로 나와서 선풍기 바람에 머리를 말렸다. 온종일 습기를 머금은 장판이 녹아내릴 것 같았다. 일하는 동안은 딱히 걱정 같은 게 안 되었다. 오늘도 쓸데없는 문제로 트집을 잡는 박 과장이 나에겐 더 큰 문제였다. 퇴근하고 나서 집에 돌아왔을 때 기린이 비실비실 거실로 기어 나왔다.

나 아파요.

그러냐. 나는 너 때문에 아프다. 나는 손가락을 들어 올리며 그렇게 말하려다가 말았다. 기린의 얼굴에 붉은 반점들이 올록볼록 솟아나 있었다. 선인장에 난 건 하얀 좁쌀 같은 반점이었는데. 식물이 아프면 어느 병원에 가야 하나. 소아과 이런 데 데려가도 되나. 병원 문 닫았을 텐데. 병충해 이런 거면 약 사다가 화분에 꽂아놓으면 되는 건가. 그런 생각을 하고 있는데 기린이 내 발치에 다가와 누웠다. 머리를 쓰다듬자 손이 축축하게 젖었다. 식은땀이 줄줄 흐르고 있었다. 몸을 일으키고 물었다.

"야, 병원 갈래?"

이런 걸로 무슨 병원이에요.

"하긴. 나도 어디로 가야 할지 고민 중이었어."

한동안 조용했다. 기린은 잠이 든 건지 고른 숨소리만 뱉어냈다. 나는 내 무릎을 베고 누운 조그만 머리통을 바라보다가 잠이 들었다. 그때의 기린은 너무 작고 여려서 내가 돌봐주지 않으면 금방 시들어버릴 것 같았다.

기린은 꼬박 일주일을 그렇게 앓았다. 장마가 길어져서 비가 계속 내렸기 때문에 나는 기린을 돌봐주어야 했다. 화분인 상태였으면 신경은 쓰였겠지만 귀찮다고 생각하지는 않았을 텐데. 그래도 나는 나름 친절한 반려인 흉내를 내며 기린을 돌봐주었다. 퇴근하고 돌아와서 행주를 찬물에 적셔서 머리에 얹어주거나, 간도 제대로 되지 않은 흰죽을 끓여주거나, 내 침대를 특별히 내어주거나 하면서. 비가 그치던 날, 기린은 열꽃이 오른 얼굴로 내게 말했다.

윤이가 좋은 사람이에요. 그 말을 하던 기린의 얼굴을 손바닥으로 밀어냈다. "그거 비문이야." 손바닥 사이로 기린이 웃는 게 느껴졌다. 비문이 뭔데요? 그 말을 무시하고 이어서 말했다. "내가 세상에서 제일 듣기 싫어하는 말이 뭔 줄 알아? 넌 참 좋은 사람이야, 착해. 이 두 가지야. 누가 나보고 착하다고 하면 다 죽여버릴 거야." 위협적으로 말한 것에 비해 효과는 별로 없었다. 아무래도 나는 교육에 소질은 없는 듯했다. 애들 교재 만드는 회사에 다니면서도 이 모양이라니 한심하기 짝이 없다. 기린은 비실비실 웃더니 이제 그만 돌아가야 돼요, 하고는 화분으로 돌아갔다.

좋은 사람이라는 말이 욕설처럼 들리는 세상이었다. 나는 종종 싫다는 말을 하지 못해서 호구 소리를 듣곤 했다. 회사에서도 김 대리가 은근슬쩍 떠넘기는 일을 싫다고 거절하지 못해서 떠맡곤 했다. 하지만 그런 것 때문에 그 말을 싫어하는 건 아니었다. 서호는 종종 내게 말했다. 왜 이렇게 사람이 착해빠졌어요. 그거 꼭 좋은 것만은 아니에요. 본인한테도, 다른 사람한테도. 주말이면 서호와 함께 닥치는 대로 아무 영화나 틀어서 보곤 했다. 영화에서는 사람이 참 많이도 죽었다. 폭탄이 터져서 죽고, 좀비가 물어뜯어서 죽고, 총에 맞아서 죽고, 운석이 충돌해서 죽고, 비행기 창문이 날아가 죽고, 고속도로에서 멀쩡히 운전을 하다가 앞에서 날아온 통나무에 맞아 죽었다. 그런 장면이 나올 때마다 나는 이불 속에 한참을 웅크리고 있었다. 사람들이 누가 죽는 걸 너무 보고 싶어서 이런 영화를 만드는 게 아닐까 싶을 정도였다. "서호야, 저런 거 볼 때마다 자꾸 그런 생각이 들어. 저 사람한테도 누군가가 있겠지. 같이 영화를 보고, 차를 마시고, 이야기를 나눴던 사람. 저렇게 죽어버리면 그 시간들이 한꺼번에 죽어버리는 것 같아." 그렇게 말할 때마다 서호는 제발 영화는 좀 영화로 보라고 이불을 들추고 날 꺼내주었다. 서호는 내가 너무 생각이 많아 그런 거라고 했다. 그래서 세상 별일이 다 슬픈 거라고. 나는 그럴 때마다 화가 나요. 그렇게 말하는 서호의 팔을 아프지 않게 깨물었다. "화낼 것까진 없잖아. 다른 사람은 다 욕해도 너는 내 편이어야지." 내 말에 서호는 웃음을 터뜨렸다. 결국 착한 게 좋은 게 아니라는 게 무슨 의미인지 서호는 알려주지 않았고 나는 한참 동안 그 말을 곱씹어야 했다.

우산을 집어 들었다가 놓았다. 비가 그쳤으니까 그냥 나가도 되겠지. 골목 밖으로 나가 기린을 샀던 꽃집으로 향했다. 꽃집은 간판만 걸려 있었고 안은 텅 비어 있었다. 불도 다 꺼진 채였다. 나는 결국 마트에서 파는 싸구려 영양제를 사다가 화분에 꽂아 놓았다.

영양제 덕분인지 기린은 곧 나왔다. 상담소에서 나오는데 아스팔트 바닥에 비가 한두 방울씩 떨어지기 시작했다. 그러더니 곧 쏴아아 하는 소리와 함께 머리 위로 장대비가 쏟아졌다. 비가 온다는 예보가 없었기에 우산도 당연히 없었다. 순식간에 빗방울이 몸을 덮었다. 그게 찝찝하다거나 기분 나쁘지 않았다. 집에 가면 기린이 있을 거라고 생각했다. 나는 집으로 뛰기 시작했다.

골목 어귀에 막 접어드는데 늘 나를 기다리던 가로등 아래에 기린이 없었다. 집에 얼른 올라가 현관을 열고 들어갔는데도 없었다. 화분에도 없었다. 아예 선인장 같은 건 처음부터 없었던 것처럼. 처음 기린이 사람이 되었을 때가 떠올랐다. 기린이 돌아올 거라는 걸 알고 있었지만 가만히 있을 수가 없었다. 비에 젖은 옷을 벗고 샤워한 후에 마른 옷으로 갈아입는 동안에도 나는 문을 힐끔거렸다. 크지도 않은 방을 이리저리 돌아다니다가 우산을 집어 들었다. 마실 물이 다 떨어졌다는 게 생각나서였다.

집 앞의 슈퍼는 걸어서 오 분 거리에 있었다. 최대한 천천히 걸어도 몇 발자국 걸으면 닿는 거리였다. 간판의 ㅎ자에서 작대기 두 개가 떨어져 나가 의망 슈퍼가 되어버린 희망 슈퍼 아줌마가 얼마 사지도 않으면서 카드를 긁는다고 혀를 찼다. 이 리터짜리 물을 두 통 사서 옆구리에 끼웠다. 다시 집으로 돌아가려고 골목길을 올라가는 동안에도 주변을 살피는데 오늘따라 아무도 지나가지 않았다. 멀리 가로등이 보였다. 서호가 일하던 카페 맞은편에 가로등이 하나 서 있었는데 나는 창가 자리에 앉아 자주 그 가로등을 바라보았다. 넘실거리는 오렌지색 조명을 받은 바다. 코발트 빛깔의 스웨터, 그날 서호와 함께 본 〈그랑블루〉, 랄프로렌 블루의 냄새. 빗소리가 삼킨 대화. 모든 게 엉겨 붙어 있었다. 가로등을 볼 때마다 그 기억들은 반사적으로 주르륵 딸려 나왔다. 길에는 가로등이 너무 많았다. 너무 많아서 나는 그냥 길을 걷다가도 멍하니 멈춰 서기를 반복해야 했다. 가로등 불빛을 영사기 삼아 오래된 필름을 재생하듯 드문드문 지지직거리는 영상을 몇 번이고 되풀이해서 상영했다. 가로등 밑에 쪼그려 앉았다. 기린은 비가 오는 날마다 여기에 앉아 나를 기다렸다. 내가 기린을 기다리는 것은 처음이었다. 우산으로 빗방울이 떨어지는 소리만 들렸다. 규칙적으로 떨어지는 빗방울 소리에 잠깐 선잠이 들었는데 누군가 내 팔을 잡고 흔들었다.

여기서 자면 감기 걸려요.

말투는 기린의 것이 맞는데 목소리가 달랐다. 나는 눈을 떠서 내게 말을 건 사람의 얼굴을 봤다. 몸을 일으켜 똑바로 서자 변한 눈높이가 한참 저 위에 있었다. 멍하니 내게 말을 건 사람의 얼굴을 쳐다보고만 서 있었다. 아무 말도 할 수가 없었다. 하마터면 맥이 풀려서 주저앉을 뻔했다. 기린이 내 팔을 붙잡았다. 나는 기린의 손을 잡아뗐다.

너, 기린이야? 빗방울이 계속해서 얼굴을 때렸다. 온몸의 피가 싸늘하게 식는 것 같았다. 기린은 팔이 저린지 계속 팔을 매만졌다. 비가 와서 변했더니 이렇게 돼버려서요. 나는 일단 들어가자고 기린의 팔을 잡았다가 놓았다. 어쩐지 잡으면 안 될 것만 같았다. 기린의 새카만 머리카락이 이마에 가닥가닥 달라붙어 있었다. 시선을 아래로 내리자 기린의 옷 소매가 눈에 들어왔다. 내가 입었을 땐 손목 밖으로 삐져나와 축 늘어지던 후드 티셔츠 소매가 기린의 팔에는 딱 맞았다. 서호가 입던 옷들이었다. 다 버린 줄 알았는데. 버리는 걸 깜빡한 건지 일부러 버리지 않은 건지 자꾸만 남겨진 것들이 툭툭 가시처럼 튀어나왔다. 계속 쳐다보자 기린은 고개를 숙였다. 미안해요, 마음대로 옷 갖다 입어서. 맞는 게 없어서 그랬어요. 그렇게 말하며 젖은 머리를 털었다. 그래서 내 옷에도 물방울이 좀 튀었는데, 나는 이번에도 빗방울이 차갑구나, 따위의 생각을 하면서 그걸 바라보고 있었다.

기린의 팔을 잡았다가 다시 놓았다. 결국 힘이 풀려 흙탕물에 주저앉았다. 나를 일으키려는 기린의 손을 잡고 한참 동안 빗물로 젖은 얼굴을 씻어냈다.

그날 이후로 비가 한 번 내릴 때마다 기린은 조금씩 자랐다. 식물의 성장 속도는 사람의 것과는 딴판인 모양이었다. 화분에 귀를 대고 있으면 뿌리가 흙 사이로 뻗어나가는 소리가 들릴 것만 같았다. 기린이 이제 나를 내려다본다는 건 별로 기분 좋은 느낌은 아니었다. 게다가 요즘은 점점 더 영악해져서, 내 머리 꼭대기에서 놀려고 들었다. 비가 오는 날에 퇴근하고 집에 돌아오면 적막한 집 안이 나를 반겼다. 얌전히 집 앞이나 안에서 기다리던 기린이 이젠 어딘가를 멋대로 싸돌아다니고 있는 것이다. 그렇다고 어디에 다녀오냐고 물어보기는 또 짜증이 났다. 기린은 이제 현관 비밀번호를 외워서, 알아서 문도 열고 들어왔다.

기린이 변했다. 원래 못하는 게 많았는데 요즘은 서툴러도 자꾸 지 혼자서 뭔가를 하려고 들었다. 잘하지도 못하는 게. 내가 해주겠다고 나서면 등 뒤로 감췄다. 나는 그게 좋은 건지 싫은 건지 알 수 없었다. 손가락에 얼기설기 엮어 놓은 붕대를 바라보았다. 기린이 해놓은 작품이었다. 손가락이 아프다고 했더니 어설프게 연고를 바르고 붕대까지 매 놓았다. 상처가 없으니까 굳이 안 해도 된다고 하는 걸 꼭 해야 된다고 고집을 부렸다. 덕분에 세수하고 샤워할 때 불편해지기만 했다. 밥을 먹고 나서는 기린이 붕대를 갈아야 된다고 호들갑을 떨었다.

근데 이거 어디서 다친 거예요?

나는 입을 다물었다. 네 가시에 찔렸다는 말이 선뜻 나오질 않았다. 그 말을 하면 기린이 상처받을 것 같았다. 내가 가만히 있자 기린이 붕대를 마구 풀어헤치고 손가락에 둘둘 싸매기 시작했다. 그렇게 하는 게 아니라고 밀어내려다가 관두었다. 역시 나는 교육 같은 데는 소질이 없다. 나는 내가 기린을 길들이고 있다고 생각했는데 어쩌면 아닐지도 모르겠다. 기린이 말했다.

저 있잖아요.

"없어."

그러지 마요, 진짜. 진지하단 말이에요.

"그래, 뭔데."

저는 언제까지 자랄까요?

"글쎄……." 나는 말꼬리를 흐렸다. 그건 나도 대답할 수 없는 문제였다. 내가 가만히 있자 기린이 이어서 말했다.

솔직히 좀 무서워요.

"뭐가."

이렇게 계속 자라면 더 이상 화분으로 돌아가지 못할까 봐요.

그럼 저 죽게 될까요? 기린은 그렇게 물었다. 나는 고개를 젓고 거짓말을 했다. "넌 아직 한참 어리니까 안 죽어." 기린은 고개를 끄덕였다. 나는 다짐하듯이 다시 한 번 더 중얼거렸다. "안 죽어."

지금 자라고 있는 속도를 생각하면 완전히 불가능한 일도 아니었다. 화분을 갈아주려고 했는데 그게 생각보다 쉽지 않았다. 선인장 상태인 기린을 뿌리가 다치지 않게 들어 올리는 것은 내 생각보다 훨씬 섬세한 작업이었다. 잘못하면 기린

56

을 죽일 수도 있었다. 화분에 돌아가지 못 하게 되어도 죽을 것이다. 난 모든 살아 있는 게 무서웠다. 죽을까 봐. 이래서 뭘 기르는 건 적성에 안 맞는 짓이었는데. 내가 생각에 잠긴 사이 기린이 물었다. 왜 울어요? 내가 아무 말도 하지 않고 기린 얼굴만 가만히 바라보고 있자 기린은 말을 돌렸다.

서호는 낮에는 오디션을 보러 다니고 밤에는 카페에서 일했다. 성우가 되겠다고 했을 때 반대하지 않은 건 나뿐이었다고 했다. 집에선 그냥 아무 데나 취직하지 뭐 돈도 안 되는 걸 하려고 하냐고 의절하다시피 쫓겨났다. 카페에 사람이 없으면 카운터 앞 의자에 앉아서 뭘 중얼중얼 녹음하곤 했다. 모르는 사람이 보면 혼자서 쉴 새 없이 떠들고 있는 거나 다름없었다. 그럼 나는 천천히 걸어가 서호의 반듯한 뒤통수에 말을 걸었다. 저 고철 덩어리 카세트테이프를 언젠가는 몰래 갖다 버려야겠다, 다짐하면서. 새로 나온 신형 녹음기를 사준다고 해도 굳이 저 구닥다리 카세트테이프를 고집하는 이유를 도무지 알 수가 없었다.

"그러고 있으면 사람들이 너 무서워하지 않아?"

"손님 오면 안 해요."

"맨날 뭘 그렇게 열심히 녹음해?"

서호는 녹음기를 들고 중얼중얼 대사를 외다가 내 말에

위를 올려다보았다. 그 표정이 웃겨서 내가 핸드폰 카메라를 꺼내 들자 서호는 콧등을 찡그리며 웃었다. "비밀이에요. 나중에 내가 유명한 성우가 되면 들려줄게요." 나는 선뜻 "그래", 대답하면서도 그 말을 믿지는 않았다. 우리는 별 뜻 없는 약속을 많이 했으니까. 시시한 약속들이었다.

창문에 떨어지는 빗소리가 귓가를 두드렸다. 낮인지 밤인지 구분이 잘 안 갔다. 주말 낮이라고는 믿을 수 없을 정도였다. 내가 꿈지럭거리면서 쿠션에 얼굴을 묻고 엎드리자 기린이 토닥토닥 어깨와 등을 두드렸다. 목과 머리의 경계를 손으로 꾹꾹 주무르기도 했다. 손이 커져서 내 뒷목을 감싸쥐면 따뜻해 기분이 좋았다. 이건 기린이 자라서 좋은 점 중에 하나였다. 그렇다고 칭찬을 하면 남들이 보건 말건 해주겠다고 나서기 때문에 나는 입을 꾹 다물고 있었다. 대신 가끔 그림책을 읽어줬다.

기린은 내가 다니는 회사에서 만든 그림책들을 좋아했다. 그중에서도 가장 좋아하는 건 《어린 왕자》였는데, 안마하면서 은근슬쩍 내게 그림책을 내밀면 내가 읽어주곤 했다. 이번에도 마찬가지였다. 어린 왕자가 여우와 헤어지는 부분을 읽을 때쯤 꾹꾹 힘을 주고 주무르던 손이 뒷목에서 어깨로, 어깨에서 날개 뼈, 척추를 따라 허리로 내려갔다. 이야기를 읽을수록 손에서 힘이 빠지는 게 느껴졌다. 안마를 하는 건지, 아니면 손을 대고만 있는 건지 모를 정도가 됐을 무렵, 나는 이야기를 멈췄다. 계속 읽으면 기린이 울 것 같아서. 주변이 너무 조용해서 나는 뭐라고 말하려다 그만두었다. 고개를 들자 기린과 눈이 마주쳤다.

기린은 소리도 내지 않고 그 커다란 눈으로 눈물을 주룩주룩 쏟았다. 나도 모르게 웃음이 새어 나왔다. 나는 어이가 없어서 기린에게 물었다.

"도대체 왜 우는 건데?"

반쯤 열린 창문으로 비가 들이치는 소리가 들렸다. 집 안에서 듣는 빗소리는 듣기 좋았다. 빗소리 위에 피아노 멜로디가 섞였다. 옆집 꼬마가 피아노 꿈나무가 되고 나서부터 몇 달 동안 한 곡만 질리도록 들었다. 이상하게 기린은 그 곡조를 좋아했다. 비가 와서 피아노 소리가 더 잘 들린다. 익숙한 멜로디였다. 미뉴에트. 어릴 때 피아노 학원 발표회에서 저 곡으로 피아노 독주를 한 적이 있다. 한참 조용하던 기린은 떨리는 목소리로 말했다.

저, 뭐 잊어버린 거 있어서. 잠깐 나갔다 올게요.

기린이 내뺐다. 현관문이 쾅 소리를 내며 닫혔다. 우산 가지고 나가라고 말하려다가 타이밍을 놓치고 다시 쿠션에 얼굴을 묻었다. 어깨가 안마를 받기 전보다 더 뻐근했다. 바깥에 뭘 놓고 다닐 데도 없으면서 뭘 잊어버렸다는 거야. 나는 뒤따라 나가지 않았다. 베개 아래에 둔 카세트테이프를 만지작거리다가 곧 잠이 들었다.

◇

퇴근하는 길에 우연히 골목길 편의점 안에 서 있는 기린을 보았다. 내가 즐겨 쓰는 검은색 야구 모자를 쓰고 있었다. 몸이 부쩍 커버리는 바람에 새로 사준 하얀 티셔츠가 모자와 잘 어울렸다. 거기서 보니까 꼭 모르는 사람 같았다. 우산을 들고 한참 동안 유리창 너머의 기린을 바라보고 서 있었다. 쏴아아, 빗소리가 고막을 두드렸다. 컵라면을 먹던 기린이 고개를 들더니 나를 발견하고는 웃었다. 나는 유리창에 조금 더 가까이 다가갔다. 기린이 손을 뻗어서 유리창에 댔다. 그리고 입 모양으로만 내게 이야기했다. 이리 와요. 나는 고개를 저었다. 그러자 기린이 유리창에 댔던 손을 떼서 손가락으로 글자를 하나씩 써 내려가기 시작했다. 생기자마자 사라져가는 글자를. 나는 편의점으로 들어갈까 모른 척 집으로 갈까 고민하다가 결국 편의점 문을 밀고 들어갔다.

"그건 또 어떻게 샀어."

기린이 주머니에서 신용카드를 꺼내 보여줬다. 비상용으

로만 쓰라고 준 거였는데. 나는 맥주 캔 하나를 들고 와 계산하고 기린 옆에 섰다. 들고 온 쇼핑백을 기린 쪽으로 밀었다. "갈 때 네가 들어." 그 안에 뭐가 들었나, 들춰보더니 웃는다. "뭘 잘했다고 웃어." 핀잔을 주자 기린이 말했다.

윤이 좋은 사람이어서요.

나를 뭘 믿고 카드를 덥석 맡겨요? 앞으로는 혹시 누가 동창이랍시고 연락해서 옥장판 사달라고 하면 뒤도 돌아보지 말고 도망가요. 나는 거품이 부글부글 올라오는 맥주 캔을 가만히 쳐다보고 있다가 얼른 입을 갖다 댔다. 거품에서는 영 밍밍한 맛이 났다. 그게 무슨 뜻이냐고 묻기도 전에 기린이 물었다.

뭐라고 썼는지 봤어요?

"아니, 엉망진창이라 하나도 못 봤어."

거짓말.

"놀이공원 갈래?"

집에 가요.

"왜? 거기 좋아하잖아."

비 오잖아요.

비 싫어하면서. 기린은 이제 훌쩍 자라 내가 말하지 않은 것까지도 알고 있었다.

장마가 소강상태에 접어들어 비가 내리지 않는 나날이 이어졌다. 본격적인 여름의 시작이었다. 선풍기가 털털 소리를 내며 돌아갔다. 한낮 열기에 뜨거워진 장판이 꼭 프라이팬 같았다. 땀이 비적비적 배어 나와 손가락이 따끔거렸다. 더워서 바닥에 늘어져 있는 내 옆에 기린이 똑같은 자세로 누워 있었다. 우리는 그, 에어컨 안 사요? 기린이 물었다. "이 정도 더위에 에어컨은 사치야." 그리고 실은 별로 덥지도 않으면서. 기린은 찌는 듯한 날씨에도 별로 더워 보이지 않았다. 비가 내렸으면 좋겠다고 생각했다. 실은 장마가 끝나지 않기를 바랐다.

오늘은 마지막 상담이 있는 날이었다. 애초에 사람이 다른 사람을 이해할 수 있다는 말 같은 건 믿지 않았다. 그러니까 상담 같은 건 아무 소용없다는 것도 알고 있었다. 상담 선생님은 좋은 사람이고 내 이야기를 잘 들어주지만 타인에게 절대로 가닿을 수 없는 지점이 있다는 것은 분명했다. 선생님은 내가 아무리 살아 움직이는 기린에 대해 말해도 내 말을 믿어주지 않을 것이다. 그럼에도 불구하고 몸을 일으킬 수밖에 없었던 건 배설하듯 말이라도 뱉어내지 않으면 견딜 수 없었기 때문이다.

상담소는 집에서 걸어서 십오 분 정도의 거리에 있었다. 고작 십오 분 걸어오는 사이에 땀으로 온몸이 흠뻑 젖었다.

택시라도 탈 수 있으면 좋을 텐데. 자동차를 타기만 하면 헛구역질을 해대 그럴 수 없었다. 차를 탈 수 없으면 살아가는 데 여러모로 불편하다. 택시도 탈 수 없고 버스도 탈 수 없다. 내가 집과 집에서 걸어서 다닐 수 있는 회사밖에 오가지 않는 재미없는 인간이 된 것도 다 이것 때문이다. 오늘은 상담사가 뜨거운 차 대신 얼음을 띄운 음료수를 내어주었다. 상담사가 물었다.

"요새도 잠이 잘 안 와요?"

"그냥, 뭐. 똑같아요. 하루는 초저녁에 기절하듯이 잠들고, 하루는 밤새 뒤척거리고. 그게 사이클이 한 번 만들어지니까 잘 안 바뀌네요."

불면증, 스트레스성 위염, 과민성대장증후군 따위야 비단 나뿐만 아니라 현대인의 공통적인 질병이니까 새삼스러울 것도 없었다. 다들 그렇게 사는 거니까. 나는 음료수를 한 모금 마셨다. 상담사가 다시 물었다. "그런데 요즘 그 얘기는 안 하시네요?" 나는 아, 하는 소리를 내다가 입을 다물었다. 무슨 말을 해야 할지 알 수 없었기 때문이다.

조그만 밥상을 펴고 앉아서 책을 읽던 구부정한 등, 연필 쥐는 법을 잘못 배워 주먹을 쥐듯이 볼펜을 잡던 하얀 손, 구닥다리라고 놀리던 낡은 카세트테이프 녹음기를 들고 중얼중얼 무언가를 외던 입술. 가만히 쳐다보고 있으면 앉아 있던 서호가 일어나 냉장고에서 물을 꺼내 마시고, 창문을 열고, 쌀을 씻는다. 가나슈, 하고 짓궂은 목소리로 나를 부른다. 서호는 나를 가나슈라고 불렀다. 그게 무슨 뜻이냐고 물었을 때 서호가 말했다. 가나슈는 멍청이 초콜릿이에요, 가나슈. 초코가 되려다가 못 된 초콜릿이거든요. 그 말에 발끈해서 하지 말라고 하면 서호는 웃음을 터뜨리며 내 머리를 쓰다듬었다. 오래전의 일이다. 편의점에서 우연히 가나슈를 보고도 울지 않을 수 있게 되기까지 꼭 그만큼의 시간이 흘렀다.

"별로 그 얘기는 안 하고 싶어요."

상담사는 내 말에 고개를 끄덕였다. "그럼 우리 다른 얘기할까요?"

"있잖아요, 선생님."

제 선인장이요. 비가 그쳤는데도 화분에 돌아갈 수가 없어요. 장마가 끝났는데. 끝나버렸는데. 몸이 너무 커져서 그 작은 화분에는 이제 돌아갈 수가 없대요. 내가 진작 분갈이를 해줬어야 하는 건데. 그 애가 죽을까 봐 무서워서 하루하루 망설이고 있는 사이에 너무 늦어버렸대요. 줄줄 이어지는 내 말에 상담사는 차트에 뭔가를 빠르게 휘갈겨 썼다. 이번에도 아마 내가 미쳤다고 쓰고 있겠지. 상담사가 물었다. "그래서 기분이 어땠어요?"

"그래서 기분이 어땠냐고?"

어떨 거 같아요? 엿 같아요. 내 말에 상담사는 차트를 보던 시선을 들어 내 얼굴을 보았다. 내 안의 뭔가가 영영 무너진 순간에 내 기분이 어땠는지 왜 반추해야 할까? 설명할 수 없는 기분이라는 것도 있는데. 나이를 이렇게나 먹었는데도 아직도, 사람이 언젠가는 죽는다는 사실이 너무나 이상했다.

나는 자리에서 벌떡 일어나 상담사가 책상 위에 올려놓은 녹음기를 집어 들었다. 첫날 내 동의를 구하고 우리의 대화를 줄곧 녹음해왔던 녹음기였다. 서호가 쓰던 것과는 달리 최신형이라 손안에 쏙 들어올 만큼 작았다. 그 작은 기계를 움켜쥐고 그 자리에서 한참을 못 박힌 듯 서 있었다. 그러며 생각했다. 상처받은 순간이 매일을 지배하는 삶에 대해서. 세상에 흘러넘치는 슬픔과 절망, 재난에 대해서. 그러다 어느 날은 그 재난이 내 것이 되어 삶을 덮치고 무너뜨리는 걸 그저 바라볼 수밖에 없는 상황에 대해서. 나는 결국 녹음기를 어쩌지도 못하고 자리에 주저앉았다. 이걸 창문 밖으로 던질 만큼의 객기가 있었다면 좋았을 텐데. 이런 순간마저, 내가 녹음기를 던져버리면 상담 선생님이 이걸 풀숲에서 주워 와야 하지 않을까, 이 녹음기는 가격이 얼마나 할까 걱정하는 종류의 사람이라는 게, 정말이지 신물이 났다.

오랜만에 기린과 산책을 나왔다. 나는 기린의 빈 화분을 함께 들고 나왔다. 우리는 산책을 가면 항상 집 근처에 있는 놀이공원에 갔다. 내가 차를 탈 수 없어서 멀리 가지 못하기 때문이었다. 그렇게 말하면 기린은 게으르다는 말을 참 어렵게 돌려 말하네요, 하곤 했다. 변명할 말이 없어 그저 웃었다. 의망 슈퍼가 있는 골목길을 나와 산비탈을 따라 올라가면 우울한 꿈과 희망의 나라가 있다. 우산을 든 기린이 앞장섰다. 나는 천천히 기린의 뒤를 따랐다.

비가 오는 폐 놀이공원은 적적하고 우울했다. 오래전에 폐장되어서 사람이 별로 없고 가끔씩 출사 나온 사람들만 간간이 보이는 곳이었다. 게다가 비가 오는 날에는 더 사람이 없었다. 여기저기 버려진 놀이기구들이 시간의 무게를 견디고 있었다. 담쟁이덩굴이 뒤덮인 벽에 그려진 마이클 잭슨의 얼굴. 어쩌면 잭슨이 아닐 수도 있고. 나는 아직도 잭슨이 죽었다는 사실을 믿기가 힘들었다. 기린이 물웅덩이를 피해 뛰었다. 나는 우산을 들고 개가 그러는 걸 멀뚱히 쳐다보고만 있었다. 기린이 다른 곳을 가리키며 내 손을 잡아끌었다.

우리 저거 타요.

기린의 손끝을 따라가자 보이는 건 회전목마였다. 기린은 슬슬 내 눈치를 봤다. 이젠 일부러 그런 표정을 짓는다는 걸 알면서도 그런 얼굴을 하는 게 싫어서 하는 수 없이 말들이 웅크리고 있는 회전목마 앞으로 향했다. 오래전에 운행을 중단해서 여기저기 녹슬어 있었다. 이런 말을 왜 타고 싶다고 하는 건지 알 수 없었다. 기린을 앞에 하얀 갈기를 갖고 있는 말에 앉히고 나는 기린의 뒤에 있는 까만 갈기 말에 앉았다. 그래봤자 움직이지 않는 말들이었다. 우산을 들고 탈 수가 없어서 구멍 난 천장으로 떨어진 빗방울이 어깨며 얼굴을 적셨다. 이럴 줄 알았으면 우비를 입는 건데.

움직이면 좋을 텐데.

기린이 중얼거렸다. 나는 이제 타봤으니 그만 내려가자고 말했다. 기린은 굳은 얼굴로 조금만 더 있고 싶다고 고집을 부렸다. 조금만, 조금만 더요. 나는 기린이 내 손가락에 감아 놓은 붕대를 쳐다보았다. 끄트머리가 너덜너덜 해져 있었다. 붕대를 풀었다. 상처가 생겼던 자리에서 뭔가 뾰족하게 올라와 있었다. 가시였다. 전에 박혀 있던 가시가 불쑥 올라온 걸까, 아니면 내 손가락에서 자라 나온 걸까. 그때 갑자기 노랫소리와 함께 멈춰 있던 회전목마가 움직이기 시작했다. 옆집 피아노 꿈나무가 구간 반복으로 들려주던 그 곡이었다. 미뉴에트. 나는 발표회에서 이 곡을 완전히 망쳤다. 한 번 손이 삐끗하니까 머릿속이 새하얘져서 다음 멜로디가 생각이 나지 않았다. 그래서 첫 부분을 도돌이표 치듯 반복해서 쳤다. 작은 규모의 학원이라 그날의 관객은 단 두 명뿐이었는데도.

기린이 앞에서 소리쳤다. 이거 움직여요. 나는 안장에 올려놓았던 발이 떨어지는 줄도 모르고 조금씩 바뀌는 풍경을 바라보고 있었다. 기린의 머리가 올라갔다가 다시 내려왔다. 익숙했던 풍경이 사라지고 다른 풍경이 나타났다. 기린이 내쪽을 돌아보았다. 그리고 내 이름을 불렀다. 내가 대꾸하자 기린은 주머니에서 무언가를 꺼내 건넸다.

받아요.

낡은 견출지 하나가 붙어 있는 테이프였다. 기린이 물었다. 테이프 왜 한 번도 안 들어봤어요? 나는 가만히 기린의 얼굴만 들여다보았다. 기린이 말했다. 그거 찾느라 죽는 줄 알았어요. 나는 천천히 움직이고 있는 말 등에서 내려왔다. 내려와도 움직이기는 마찬가지였다. 회전목마는 발판 전체가 움직이는 방식이었으니까. 한 바퀴 돌고 제자리로 돌아와 다시 잭슨의 얼굴이 보였다. "어떻게 알았어?" 묻자 기린은 웃었다. 땅으로 발을 디뎠다. 그러다 헛디뎌 흙탕물에 넘어졌다. 빗방울이 얼굴을 적셨다. 엉망진창이었다. 내 꼴이 우스워 웃음이 새어 나왔다. 기린의 등이 점점 멀어져 갔다. 나는 테이프를 손에 쥐고 멍하니 그 모습을 바라보고 있었다. 손에 힘이 들어가지 않았다.

회전목마가 한 바퀴 돌아 기린이 다시 제자리로 돌아왔다. 기린은 바닥에 주저앉은 내 꼴을 보고 놀라 회전목마에서 뛰어내렸다. 그리고 곧장 나에게 달려왔다. 나는 괜찮으냐고 묻는 기린을 진흙투성이 손으로 끌어안았다. 조금 더 오래 좋아하고 싶었어. 기린이 내 뒷목을 손으로 감쌌다. 따뜻했다. 회전목마가 멈추고 노랫소리가 멎었다. 저도요. 그 순간 기린이 물방울이 되어 쏟아져 내렸다. 머리끝부터 발끝까지 나를 감쌌다.

나는 빈 화분을 회전목마 옆의 조그마한 공터에 놓아두고 천천히 걸어 나왔다.

장마가 끝났다. 기린을 기르면서 알게 되었다. 난 이제 그가 다시 조그만 밥상 앞에 앉아 있거나, 녹음기를 들고 대사를 외거나, 가나슈라고 나를 부르지 않을 것을 알고 있다. 서호가 남기고 간 카세트테이프를 한 손에 쥐었다. 지나치게 가볍고 작았다. 재생시간은 고작 3분 남짓. 그 3분이 평생 계속되었으면, 이 이상하고 아름다운 마법이 끝나지 않았으면 했다. 테이프 끄트머리를 잡고 죽 잡아당겼다. 더 이상 늘어나지 않을 때까지. 방 한구석 가득 테이프가 쌓였다. 한 사람이 내게 만들어 놓고 간 구멍을 메우는 일을, 난 이제 이렇게 끝냈다.

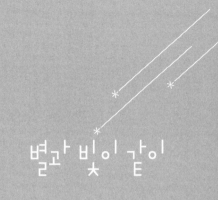

별과 빛이 같이

겨울의 일상은 하루아침에 이전과 다른 궤도를 그리기 시작했다. 지난 몇 년간 병원에서 몸에 익힌 습관대로, 오전 8시 정각 식탁에 앉아 아침을 먹던 겨울에게 걸려온 전화 한 통으로 인해. 늘 혼자였던 식탁 맞은편에 아이가 하나 생겼다. 연우는 겨울의 아이가 아닌, 겨울의 언니가 낳은 아이였다. 탄내 나는 스크램블드에그를 집어먹던 연우가 포크를 탁 내려놓으며 말했다. 이모, 이모.

"드디어 알았어."

"뭘?"

"내가 말이야."

겨울과 저뿐인 집에서 누가 엿듣기라도 한다는 듯 연우는 목소리를 낮췄다. 그리고 조그만 목소리로 속삭였다. 토끼가 되어가는 중이야. 그러면서 앞니를 아랫입술에 대고 쉭 쉭 바람 빠지는 소리를 냈다. 얼마 전에 아랫니가 빠져서 이가 이제 영영 안 나면 어떻게 하냐고 호들갑을 떨더니 그새 내린 결론이 그거였나 싶어 겨울은 고개를 저었다. 애들은 참 이상했다. 말도 안 되는 상상을 진짜인 것처럼 지어내질 않나, 눈 하나 깜짝 안 하고 거짓말을 늘어놓질 않나. 생전 처음인 육아를 맡아 하는 것도 벅찬데 알다가도 모를 일이 넘쳐났다. 그리고 대체로 겨울은 아이들의 거짓말이나 상상에 장단을 맞춰줄 만한 사람이 아니었다. 애들을 돌보는 데 더 능숙한 사람이었다면 다른 대답을 해줄 수 있었을까? 연우가 이럴 때마다 겨울은 언니라면 어떤 대답을 해주었을까 스스로에게 되물어보곤 했으나 항상 알 수 없었다. 겨울이 한숨을 쉬며 말했다.

　"서연우. 너는 사람이야."

　"아니야."

　"아니긴 뭐가 아니야."

　너 유치원 가기 싫어서 그러지? 그렇게 말하자 연우는 입술을 삐죽였다.

　"아니라니까."

"너 지금 말했지? 토끼는 말 못해."

그러니까 너는 토끼 아니야. 겨울이 말하자마자 연우는 입술을 꼭 다물었다. 그리고 도리도리 고개를 저었다. 겨울은 연우가 이런 식으로 굴 때마다 돌아버릴 것 같다고 생각했지만 참았다. 눈을 감고 허밍으로 한 음계를 내뱉으면서 속으로 열까지 셌다. 열까지 세고도 참지 못하겠으면 한 번 더. 그런 식으로 연우가 느릿느릿 제 몫의 접시를 다 비울 때까지 기다렸다. 짜증이 치밀었지만 애한테 큰소리를 내지 않기 위해 참고 유치원 가방을 챙겼다. 8시 20분이었다. 유치원 차가 올 시간이었는데 노란색 표지의 알림장이 눈에 보이지 않았다. 요즘은 다들 알리미 어플을 쓴다던데 연우가 다니는 유치원은 아직도 알림장 노트를 썼다. 겨울은 준비물을 확인하지 않았다는 걸 그제야 깨달았다.

"알림장 어디 있어?"

연우는 여전히 고개를 젓기만 했다. 결국 겨울이 폭발했다. 야! 소리를 지르자 연우는 고개를 팩 돌리고 유치원 가방을 들고 현관을 나섰다. 저럴 때마다 엎어놓고 엉덩이를 마구 때려주고 싶었지만 겨울은 참았다. 애를 때려서는 안 된다거나 올바른 양육법은 그런 게 아니라거나 하는 이유 때문은 아니었다. 오히려 겨울은 말 안 듣는 애는 때리면서 키워야 한다는 쪽이었다. 교권이 땅에 떨어져 학생이 선생을 때렸다는 소식이 뉴스로 나올 때마다 저래서 우리나라 교육은 안 된다고 쯧쯧 혀를 차곤 했다. 겨울이 연우를 때릴 수 없는 이유는 다른 데에 있었다.

아침에 전화를 받고 연우를 데리러 경찰서에 갔던 날 겨울은 연우의 몸에 빼곡하게 새겨진 멍들을 보았다. 어떤 것은 파랬고 어떤 것은 노랬다. 형사에게 묻지 않아도 알 수 있었다. 겨울은 앞에서 형사가 뭐라고 떠들든 말든 딱딱한 철제 의자에 앉은 채 눈을 감고 허밍으로 한 음계를 내뱉으면서 속으로 열까지 셌다. 병원에 있을 때 같은 병실을 쓰던 미지가 가르쳐준 방법이었다. 미지는 어떤 말이든 말끝마다 씨발을 붙여서 말하는 버릇이 있었다. 내가 여기 오기 전에 요가 수업에서 배운 건데 요가 선생님 말이, 씨발. 머리꼭지가 돌 때마다 눈 감고 허밍을 하면 좀 낫다는 거야, 씨발. 미지는 겨울이 화를 낼 때마다 한 가지 음으로 허밍을 했다. 미지는 나아졌을지 몰랐으나 겨울은 미지가 그럴 때마다 맥이 탁 풀렸다. 듣지 않는 사람한테 떠들어봤자 소용이 없으니까. 어쨌거나 효과는 있었다. 부작용이 하나 있다면 그러고 난 다음에 눈을 떴을 때 사람들의 반응이었다. 대놓고 측은하다는 눈길로 인상을 찌푸리는 사람도 있었고, 눈을 피하며 슬금슬금 멀어지는 사람도 있었다. 눈앞의 형사는 전자였다.

겨울이 다시 눈을 떴을 때 형사가 말했다.

"애 아버지 쪽 가족들은 연락이 안 되고. 어떻게 하실래요?" 겨울이 뭘 어떻게 하냐고 되묻자 형사는 애를 데리고 갈 건지 시설에 보낼 건지 결정하라고 했다. 이런 일쯤은 아무것도 아니라는 듯 사무적인 목소리였다. 이게 매일같이 벌어지는 일상의 풍경이라면 그 많은 아이들은 다 어디로 갈까? 겨울은 멍하니 자리에서 일어나 철창 앞으로 갔다. 뒤따라온 형사가 골치 아프다는 듯 겨울의 어깨를 잡아당겼다. "여기 애 아버지 없어요." 그게 그렇게 억울할 수가 없었다. 유치장 철창 너머 벽에 유채꽃 밭이 펼쳐져 있었다. 형사가 말했다. "벽화 작업 때문에 어제부터 정신이 하나도 없었어요. 요즘은 피의자 인권이다 뭐다 하도 말이 많아서……." 노란 꽃밭 밑에 사람들이 옹기종기 모여 누워 있었다. 겨울은 그게 참 이상했다. 보통 사람들이 보기에는 이런 곳조차도 왜 이렇게 번듯하고 예뻐야 하는지. 겨울이 병원에 있을 때도 그랬다. 면회실 벽에 해바라기 벽화를 그리는 사람들이 왔을 때 겨울은 그 사람들한테 침을 뱉었다. 그 일 때문에 겨울은 한동안 외출을 하지 못했다.

겨울이 경찰서 문을 열고 나왔다. 민원실 의자에 연우가 앉아 발을 구르고 있었다. 다리가 짧아 아무리 굴러봐도 땅에 닿지 않았다. 허공에 발만 동동 구르는 모양새가 웃겼다. 겨울은 언니의 결혼식에 가지 못했다. 그때도 병원에 입원 중이었는데 외출 허가가 나지 않았다. 병원에서는 흔한 일이었다. 미지도 조카가 태어나기 전에 입원해서 조카 얼굴을 한 번도 본 적이 없다고 했다. 겨울은 한 번도 본 적 없는 조카가 몇 년 전에 태어났다는 사실이 얼마나 이상한가에 대해서 생각했다. 병원에는 달력이 없으니까. 하루하루 해가 뜨고 지는 것을 세지 않으면 날이 가고 달이 가고 해가 가는 것조차 감각이 없었다. 언니가 보내주는 사진으로만 보았던 조카는 빨간색 털실로 짠 모자를 쓰고 같은 색의 목도리를 두르고 있었다. 아마 언니가 떠준 것이리라. 겨울은 연우 앞에 가서 무릎을 굽혀 앉았다. 그리고 손을 내밀었다.

"이모랑 같이 가자."

연우는 겨울의 손을 빤히 보다가 제 발로 땅을 딛고 일어섰다.

◇

연우를 유치원에 보내고 나서 겨울은 천천히 화장실로 걸어갔다. 변기 앞에 무릎을 꿇고 앉아 뚜껑을 열고 한참 고개를 숙이고 있었다. 하루의 시작과 끝에 행하는 짧은 의식 같은 거였다. 연우를 유치원에 보내고 난 후, 그리고 연우를 재운 후. 한참 입을 벌리고 있어도 나오는 건 좀 전에 집어먹은 계란 부스러기와 신 위액뿐이었다. 투명한 침이 뚝뚝 변기통 안으로 떨어졌다. 처음엔 미친 듯이 음식을 집어먹은 날에만 목구멍에 손가락을 넣어서 토해내곤 했다. 어느 순간부터는 먹은 게 없어도 토하고 싶다는 기분에 휩싸였다. 음식물이 들어찬 불쾌한 감각을 견딜 수 없었다. 연우가 없을 때에만 할 수 있었으므로 겨울은 엄격하게 하루 두 번으로 욕구를 제한했다.

화장실에서 입을 헹구고 양치한 다음 가글까지 하고 나와서 여기저기 널려 있는 장난감들을 치웠다. 보일 때마다 상자에 넣어서 정리하는데도 어느새 하나둘 바깥에 나와 있었다. 다 치우고 나니 시계는 오전 10시를 향해가고 있었다. 오늘은 회사 미팅에 가야 하는 날이었다. 평소에는 집에서 작업하면 되지만 회의 때는 참석해야 했다. 게다가 요 며칠 전에 갑자기 작업 수정 요청이 들어왔다. 일러스트 배경에 있는 건물의 색깔을 바꿔달라는 거였다. 이미 작업 다 끝냈는데 이제 와서 무슨 소리냐고 물어도, 윗선에서 내려온 지시라니 할 말이 없었다. 보나마나 클라이언트가 슥 훑어보고 한 소리 던진 거겠지. 전화를 끊자마자 바로 컴퓨터 앞으로 가 앉아 수정 작업을 진행했다. 색 하나를 고치고 나면 또 나머지 부분들을 그 색에 맞게 고쳐야 했다. 수정해달라는 입장에서야 그냥 건물 하나 바꾸는 거 아니냐라고 생각할지 몰라도 겨울의 입장에서는 그게 아니었다. 겨울의 작업 습관 중 하나가, 한 번 집중하면 그걸 마음에 들게 완벽하게 끝낼 때까지 자리에서 일어나지 않는다는 거였다. 그러다 보면 밤을 새우게 되고, 잠도 안 자고 밥도 안 먹고 그림만 그려댔다. 마라톤 같은 작업이 끝나고 나면 바로 쓰러져 몇 시간이고 잠만 잤다. 그러고 일어나서야 인스턴트 수프 따위를 끓여 먹었다. 건강을 축내는 못된 습관이었지만 혼자 살 때는 그래도 큰 문제가 없었다. 문제는 애가 들어오고 난 다음부터였다.

아이는 끼니 때에 맞춰 밥을 먹여야 했다. 제시간에 잠을 재워야 했다. 유치원에 보내야 했고, 맞벌이만 들여보낼 수 있다는 종일반에 운 좋게 들여보냈지만 그나마도 6시에는 시간 맞춰 데리러 가야 했다. 하루에 적어도 몇 분이라도 옆에 붙어서 이야기를 들어줘야 했다. 칭얼대면 들여다봐야 했고, 악몽을 꿨다면서 방으로 찾아오면 손을 잡아줘야 했다. 이불에 오줌을 싸면 자다 말고 일어나서 이불을 빨아야 했다.

하루는 아이가 새벽부터 열이 났다. 하필이면 마감이 있는 날이었다. 작업량은 아직 한참 많이 남아 있었고, 집 안은 여기저기 널린 옷가지와 그릇으로 발 디딜 틈이 없었다. 서랍을 뒤져 어린이용 해열 시럽을 찾아다 먹이고 침대에 눕혔다. 착하다, 약 먹었으니까 이제 괜찮아. 아무리 좋은 말로 어르고 달래도 연우는 잠들지 못했다. 배를 토닥이는 겨울의 손길에

투정을 부리며 칭얼거렸다. 이모, 나 아파. 아프다고. 울며 보채는 아이를 더는 지켜볼 수 없었다. 방문을 닫아 놓고 안방으로 들어갔다. 귀마개를 하고 컴퓨터 앞에 앉았다. 그대로 아침까지 쭉 그림을 그렸다. 작업을 끝내고 결과물을 메일로 보내고 나서야 아이가 걱정되었다. 귀마개를 뺐다. 울음소리가 들리지 않았다. 달려가 문을 열어보니 침대 위가 토사물로 엉망이었다. 그대로 응급실까지 애를 안고 뛰었다. 그래봤자 돌아오는 건 애가 이 지경이 되도록 엄마는 뭘 했냐는 따가운 눈초리였다. 그럼 애 엄마는 땅 파서 애 키워요? 겨울은 그렇게 대꾸하고 싶었지만 참았다. 먹고사는 일과 아이를 키우는 일을 동시에 잘해내기는 힘들었다. 사람들은 애 엄마가 그러면 안 되지, 애 엄마가 이래야지, 말을 쉽게도 얹었다. 잘 알지도 못하면서.

회의가 끝나갈 무렵 전화가 울렸다. 진동으로 바꾼다는 걸 깜빡해서 벨 소리가 회의실 안에 울려 퍼졌다. 앞에 앉은 팀장의 미간이 찌푸려지는 걸 본 겨울은 얼른 전화를 껐다.

"여기는 그럼 한 번 더 손보는 걸로 하고요."

다른 의견 있습니까? 그 말과 함께 회의가 끝났다. 겨울은 한숨을 쉬곤 핸드폰을 확인했다. 연우의 유치원 전화번호가 찍혀 있었다. 사람들이 회의실을 빠져나가고, 마지막으로 회의실에 남은 팀장이 수고했다며 겨울에게 뭐라고 말하려던

찰나에 전화가 울렸다. 겨울은 뒤로 물러서며 전화를 받았다.

"네, 선생님."

겨울은 가만히 뒤에 이어질 말을 기다렸다. 유치원에서 전화가 걸려올 때는 대개 나쁜 소식이 뒤이어 오기 마련이었다. 애가 아프다거나, 싸웠다거나. 이번엔 둘 다였다. [……애들이 미끄럼틀에서 떨어졌어요.] 겨울은 이마를 짚으려던 손을 내려 책상을 짚었다. 저희 애가요? 묻자마자 전화를 건 사람은 이렇게 말했다.

[민호랑 같이 떨어졌는데, 그게……]

같은 아파트에 사는 아이였다. 연우와 같은 유치원에 다니는 남자애. 겨울은 그 이름을 듣자마자 몇 달 전에 있었던 싸움을 기억해냈다. 연우와 시비가 붙어서 한바탕 다툼이 있었다. 연우는 손목이 까졌고 민호는 뺨에 생채기가 났다. 둘 다 다친 건 마찬가진데 한쪽은 얼굴이고 또 연우가 먼저 때렸다는 이유로 고개를 숙이고 들어가야 했다. 병원비까지 물어줘야 했고. 민호 엄마는 그 일로 무슨 여자애가 그렇게 사납냐고 쏘아붙였다. 앞에서는 그렇게 말하고 뒤에서는 엄마 없이 커서 여자애가 무슨 코뿔소 같다고 떠들어대는 걸 겨울은 알고 있었다.

민호가 같이 떨어졌다니, 그게 무슨 소리냐고 물으려는데 선생님이 말했다.

[연우가 뒤에서 밀어서 떨어졌다고 해서요. 연우 이모님, 지금 유치원에 좀 와주셔야 할 것 같아요.]

겨울 씨 조카는 왜 그렇게 말썽이야? 고막을 파고드는 소리에 뱃속에서 불이 이는 것 같았다. 조카를 키우면서 겨울이 내내 궁금해한 질문이었다. 연우는 왜 그럴까? 엄마 아빠 없이 컸다는 소리 같은 건 안 듣게 하고 싶어서 할 수 있는 건 다했다. 나쁜 걸 먹인 적도, 손을 올린 적도 없다. 노력한답시고 밤마다 침대에 함께 누워 동화책을 읽어줬다. 자기 전에는 자장가를 불러주고, 오늘의 잘한 일을 세 개씩 꼽아보았다. 그런데도 자꾸 어딘가 엇나갔다. 겨울이 가만히 심호흡을 하자 팀장이 물었다. "왜요, 애가 싸웠대?" 걱정하는 말투 속에는 호기심이 섞여 있었다. 겨울은 회사에서 조카를 두고 떠들어대는 소리를 알고 있었다. 겨울이 혼자 낳은 아이인데 미혼모 소리를 듣지 않기 위해 조카라고 속여 키우고 있다는 소문. 저렇게 젊은 나이에 왜 조카를 떠맡아 키우겠어? 아무리 핏줄이라지만 조카는 조카지.

상대할 가치도 없어서 무시했지만 겨울은 가끔 그게 정말이면 좋겠다고 생각했다. 그럼 내 아이가 아니라서 겨우 이렇게 키우는 게 아닐까 하는 의심에서 벗어날 수 있을 테니까.

겨울이 유치원에 도착했을 때는 점심시간 즈음이었다. 교무실부터 들러 담임선생님을 찾았다. 담임은 잠시 망설이더니 겨울을 빈 교실로 데리고 갔다. 겨울은 교실 안에 덩그러니 앉아 있는 연우의 얼굴을 바라보았다. 연우의 이마에는 커다란 반창고가 하나 붙어 있었다.

"이마가 왜 저래요?"

"이모님, 그게……."

겨울은 말이 다 끝나기도 전에 문부터 열고 연우에게 달려갔다. 괜찮아? 많이 안 다쳤어? 누가 이랬어? 숨 쉴 틈도 없이 쏟아지는 질문에 연우는 눈만 굴렸다. 겨울은 연우의 볼을 감싸쥐었다가 놓았다. 다시 누가 그랬냐고 다그치자 연우는 조그만 목소리로 중얼거렸다. 내가.

"뭐?"

"이마는 내가 그랬어."

"거짓말하지 말고. 혼날까 봐 그래? 이모 안 혼낼게."

그러자 연우는 입을 꼭 다물고 고개만 저었다. 뒤에 서 있던 담임선생님이 다가와서 잠깐 밖에서 얘기하자고 겨울의 팔을 잡아당겼다.

"미끄럼틀 위에서 놀다가 애들이 싸운 모양이에요."

"민호는 많이 다쳤나요?"

"다행히 걱정할 정도는 아니에요. 무릎이 쓸리고 이마가 조금 까지긴 했지만……."

"그래요?"

"하필이면 CCTV가 닿지 않는 사각지대여서요. 저희가 알아차렸을 때는 이미 애들이 떨어진 다음이었고요. 달래서 일으켰는데 민호가, 연우가 밀어서 떨어졌다고 하는 바람에…… 민호 어머니는 좀 전에 다녀가셨어요."

"연우는 뭐라고 하던가요?"

"안 그랬다고……."

계속 아니라고만 하기에…… 선생님은 잠시 망설였다. "선생님들이 연우한테 어떻게 된 일이냐고 상황을 물었는데 연우가 갑자기 장난감 벽돌을 들고 그걸로 자기 머리를 찧었어요. 말리는 사이에도 계속. 보고 있었는데도 말리지 못해 죄송합니다." 담임선생님이 겨울에게 고개를 숙였다. 그제야 겨울은 의심이 짙게 깔린 분위기를 눈치챘다. 말로는 아니라고 해도 분위기라는 게. 연우가 민 기억이 없다곤 해도 몸싸움을 하다가 저도 모르게 밀었을 수도 있다. 같이 떨어졌어도 누가 먼저 떨어졌냐에 따라 이렇게 달라진다. 게다가 연우는 지난번에도 민호를 때린 전적이 있다. 겨울이 한 생각을 선생님들이라고 하지 말라는 법은 없었다.

겨울은 말없이 연우의 손을 잡고 걸었다. 다른 한 손에는 연우의 노란색 유치원 가방을 들었다. 겨울은 그런 상황에서 뭐라고 대답해야 하는지, 진짜 부모라면 어떻게 말하는지 몰랐다. 담임은 조심스러운 말투로 말을 꺼냈다. 연우 이모님,

이런 말씀드리기 저희도 조심스러운데요. 기분 나쁘게 듣지 마세요. 저희는 그저 걱정이 되어서…… 연우 심리 검사를 한 번 받아보게 하는 게 어떨까요.

겨울은 고개를 들었다. 바닥에 쌓인 은행잎 더미 위로 낙엽이 떨어지고 있었다. 은행나무 길에서는 역한 은행 냄새가 났다. 연우는 땅에 떨어진 은행을 피해 디디며 열심히 발을 굴렀다. 오늘은 마감이 끝난 날이었고 유치원도 조퇴를 하는 바람에 아직도 한낮이었다. 겨울은 연우의 앞에 무릎을 꿇고 앉았다. 지난번 싸움에서 겨울은 연우에게 다른 아이를 때리면 안 된다고 가르쳤다. 힘을 사용해서 누군가를 찍어 누르려고 하지 마. 그건 야만적인 방식이야. 여자애가 그러면 안 된다느니 하는 소리는 안 했다. 연우는 큰 눈을 연신 깜빡이다 물었다. 야만적이 뭐야? 겨울은 웃으며 말했다. 못된 거짓말쟁이들. 너는 절대 이모한테 거짓말하지 마. 그렇게 가르쳤지만 아이는 가르친 적이 없어도 거짓말을 한다는 걸 겨울은 알고 있었다. 누구나 어릴 때 그랬으니까.

"연우야."

"응."

"오랜만에 우리 놀이할까?"

그렇게 말하며 겨울은 연우의 어깨에 가방을 메주었다.

벤치가 있는 곳에서 서울의 시가지가 한눈에 내려다보였다. 연우는 구름 사이에 가려진 태양을 보며 눈을 크게 껌뻑였다. 서울의 공기는 탁했다. 뿌연 하늘빛을 보며 겨울은 오늘도 연우 마스크를 깜빡했다는 걸 깨달았다. 요즘은 계절을 가리지 않고 미세먼지가 기승을 부렸다. 연우는 여기가 어디냐고 묻지 않았다. 이건 두 사람만의 놀이 규칙이었다. 연우가 눈을 감으면 겨울은 두 사람 모두 한 번도 가본 적 없는 곳으로 아이를 데려간다. 그리고 나면 겨울과 연우는 한참 앉아서 해가 지는 모습이나 새가 날아가는 모습 따위를 멍하니 바라보곤 했다. 그건 종로 4가의 거리일 때도 있었고, 낙원동 악기상가일 때도 있었고, 서울역사박물관 앞일 때도 있었고, 덕수궁 돌담길 앞일 때도 있었다. 서울에서 태어났지만 서울에서 산 기억이 없는 겨울에게 서울은 늘 낯선 공간이었다. 대학에 와서야 서울을 돌아다닐 기회가 생겼지만 명동과 서울역이 얼마나 가까이 있는지, 회기동에서 얼마나 걸어야 동대문이 나오는지, 공간과 공간을 연결하는 감각을 갖기는 힘들었다. 연우에게는 그런 감각을 심어주고 싶었다. 이유가 단지 그것뿐만은 아니었지만. 세 번에 한 번 꼴로 겨울은 연우에게 지도와 핸드폰을 주며 집으로 돌아가는 방법을 찾아보라고 시켰다. 그런 날에는 뒷짐을 지고 연우가 가자는 대로 따라가기만 했다. 틀린 길로 가더라도. 한 시간을 돌아서 집에 가더라도. 아무리 한글을 빨리 뗐더라도 어린아이에게 버거운 일이라는 건 알았지만 어쩔 수 없었다. 오늘은 혜화동의 어느 골목길이었다.

"저 건물들은 뭐야, 이모?"

"이모도 몰라."

"이모도 몰라?"

"교회들이겠지."

"나 교회가 뭔지 알아."

"뭔데?"

일요일마다 애들이 가는 데야. 가면 맛있는 거 먹고 온대. 우리도 크리스마스에는 갔잖아. 크리스마스에 둘은 서로 쓸모없는 선물을 주고받았다. 겨울은 연우에게 크리스마스 선물로 씨몽키 애완용 바다 새우 키우기 키트를 주었고, 연우는 겨울에게 바닷가에서 바다공기를 넣어 온 비닐봉지를 선물했다. 겨울의 생일에는 유치원에서 간식으로 나온 뽀로로 쿠키를 선물했다. 먹지 않고 하나둘 모아왔을 아이의 마음에 고맙다고 받았지만 곰팡이가 퍼서 하나도 먹지는 못했다. 그래도 겨울은 그 쿠키들을 버리지 않았다.

"이제 집에 가자."

그 말에 연우가 벌떡 일어서 언덕 아래로 달려갔다. 짧은 다리로 종종거리며 한참 달려가는가 싶더니 벽 앞에 멈춰 섰다. 칠판처럼 생긴 검은색 벽이었다. 벽면 가득 사람들이 분필로 적어 놓은 글씨가 빼곡하게 들어차 있었다. 하얀 페인트로 Before I die라고 적어 놓은 글씨가 눈에 제일 먼저 들어왔다. 죽기 전에 나는 부자 되고 싶다. 죽기 전에 나는 세계 여행하고 싶다. 죽기 전에 나는 키스하고 싶다. 죽기 전에 나는 멋진 여자 되고 싶다. 사람들이 죽기 전에 하고 싶어 하는 일은 그다지 특별한 게 없었다. 어찌 보면 진부하기까지 했다. 가장 많은 건 사이에 하트를 그려 넣은 이름들이었다. 그래, 그게 제일 진부하다고. 겨울은 혀를 찼다. 연우는 얼마 전부터 유치원에서 영어를 배우기 시작했다. 비, 이, 에프 하면서 몇 글자 읽더니 벽 앞에 한참 서 있다가 물었다.

"이모, 여기 왜 이런 걸 쓴 거야?"

"사람들이 죽기 전에 하고 싶은 일. 소원 같은 거야."

봐봐. 죽기 전에 나는 뭘 하고 싶다. 이런 걸 적는 거야. 바보 같은 짓이야. 연우는 고개를 까딱거리며 물었다.

"왜 바보 같아?"

"이런 데 적는다고 이루어질 리 없잖아."

연우는 잘 모르겠다는 얼굴로 고개를 저었다.

"그래도 해보면 안 돼?"

난 해보고 싶은데. 안 돼? 연우가 그렇게 말할 때마다 겨울은 거절하는 법을 까먹은 사람처럼 굴었다. 그러고 보면 육아는 바보 같다고 생각한 짓을 끊임없이 하게 되는 일들의 연속이었다. 한 사람을 이루고 있는 취향과 선호를 송두리째 무너트리고 처음부터 다시 쌓는 일인 것 같기도 했다. 애를 키운다는 게 이런 건 줄 알았더라면. 겨울은 반려동물 한 마리도 키워본 적이 없었다. 키우고 싶지 않았던 건 아니었다. 끝까지 사랑하며 책임질 자신이 없었다. 그건 아마 언니도 마찬가지였을 거라고 생각했다. 언니는 어째서 아이를 낳을 생각을 했을까? 겨울은 줄곧 그 생각을 했다. 언니는 왜 그랬을까?

언니도 몰랐던 게 분명하다고. 사람들이 애 낳는 건 쉽게 쉽게 말하니까. 애를 함부로 키우면 안 된다고 말하는 사람은 없었다. 언니는 좀 일찍 결혼한 편이었는데도 결혼하자마자 애는 언제 낳을 거냐는 소리부터 들었다. 언니의 시부모부터 시작해서, 회사 동료, 친구들까지. 겨울은 그걸 이해할 수 없었다. 왜 남의 뱃속에 애 맡겨 놓은 것처럼 구는지. 겨울은 그래서 아이라는 게 낳아 놓기만 하면 혼자 알아서 크고 자라는 건 줄 알았다. 선뜻 연우를 집에 데려올 당시에도 그렇게 생각했다. 그냥 입이 하나 더 늘어나는 것뿐이라고.

"뭐라고 쓰고 싶은데?"

"그건 비밀이야."

"여기다 쓰면 그게 어떻게 비밀이야."

"그럼 나중에 쓸래."

겨울은 웃었다. 바닥에서 돌멩이 하나를 주워 들었다. 별로 쓰고 싶은 게 없어 겨울은 그냥 연우의 이름과 제 이름을 반듯하게 적어 넣었다. 둘 사이에 하트는 넣지 않았다.

"이건 맘에 들어?"

"응."

"한 번 써봐."

연우의 손에 돌멩이를 건넸다. 연우는 까치발을 하고 서서 겨울이 쓴 이름 아래에 제 이름을 삐뚤빼뚤 적어 넣기 시작했다. 서연우. 언니가 직접 지은 이름. 아이가 생기면 연우라고 이름을 지을 거야. 여자애든 남자애든 상관없이. 잇닿아 오는 비라는 뜻인데, 남편은 어떻게 애 이름에 비 우자를 넣을 생각을 하냐면서 내가 정신이 나갔다고 그래. 정신 나간 여편네, 하면서 길길이 뛰던데 난 요즘도 여편네 같은 말을 쓰는 사람이 있는 게 더 놀라워. 네 얘기까지 꺼내길래 한바탕 싸웠어. 걱정하지 마. 너 때문에 싸운 거 아니야. 아이가 태어나기 전에 한 번 보러 갈게.

언니는 제 이름을 마음에 들어 하지 않았다. 언니는 여름에 태어나서 여름, 겨울은 겨울에 태어나서 겨울이었다. 무슨 이름을 그렇게 성의 없이 대충 짓니? 주워 온 돌한테도 그렇게는 안 붙일 거야. 언니의 말을 듣고 보니 그런 것도 같다고, 겨울은 생각했다.

언니는 오지 않았다. 몇 달 뒤에야 다시 편지가 왔다. 엄마가 됐어. 아이는 춘분에 태어났어. 아침에 뉴스에서 춘분이라고 말했던 게 기억나. 편지에는 아직 눈도 제대로 뜨지 못한 갓난아기 사진이 동봉되어 있었다. 겨울은 춘분에 태어난 아이를 위해 기도를 했다. 빛과 어둠의 양이 똑같은 날에 태어난 아이를 위해. 이 아이가 아프지 않게, 건강하게 자라게 해주세요. 누군가를 위해 기도를 하려고 할 때 겨울은 가장 먼저 그 사람의 안녕을 빌었다. 그날 이후 언니가 보내주는 편지는 아이에 대한 이야기로 채워졌다. 겨울은 덕분에 원치 않지만 아이가 목욕을 좋아한다는 것을, 이유식을 먹을 땐 바닥에 다 흘리면서 먹는다는 것을, 어느샌가 그 가느다란 다리로 한 발 한 발 세상을 향해 걷기 시작했다는 것을 알게 되었다. 아이의 돌잔치 날, 겨울은 그때도 병원에 있었다. 돌잔치 후에 편지가 한 통 도착했다. 겨울은 동봉된 사진 속에서 조카가 명주실을 쥐고 환하게 웃는 모습을 보고 좀 웃었다. 언니는 하고많은 것들 중에서 하필이면 실을 잡았다며 그건 아예 빼버릴 걸 그랬다고 후회했다. 겨울은 마이크나 청진기보다는 실이 낫다고 생각했지만 언니에게 답장을 쓰진 않았다. 겨울은 한 번도 답장을 쓴 적이 없었다. 병원에 있을 때도, 병원을 나와서도.

언덕을 내려가는 길에 겨울은 벽면 가득 빨간 페인트로 쓰인 글자를 보았다. 조용히, 조용히 해 제발. 연우는 그 글자를 읽으며 키득거렸다. 겨울이 낮은 목소리로 말했다.

"조용히 해."

"왜?"

"여기는 사람들이 사는 곳이잖아."

떠들면 안 돼. 사람들이 이놈, 한다. 그렇게 말하며 겨울은 계단을 가리켰다. 비단 잉어가 있던 자리가 페인트로 얼룩덜룩했다. 연우가 울상을 지었다.

"물고기가 죽었어."

"죽은 게 아니야."

"아냐. 죽었어."

바보 이모. 다 이모 때문이야. 이모는 멍청이야. 연우는 소리 지르기 시작했다.

"바보 같은 소리 좀 하지 마."

"이모는 바보 멍청이야."

연우가 악을 썼다. 말을 알아들을 수 있는 나이가 됐는데도 아이는 좀처럼 말을 듣지 않았다. 겨울은 이를 악물었다. 울음소리가 커지자 누군가 창문을 열고 조용히 하라고 소리를 질렀다. 겨울은 연우의 엉덩이를 손으로 받치고 안아 들었다. 그러자 연우는 발버둥 치며 겨울의 품을 벗어나려고 애를 썼다.

"물고기도 내 친구야, 마루처럼."

"그 소리 좀 그만해. 마루는 없어."

"아냐. 마루는 내 친구야. 물고기도 마루도 거미도 다 내 친구야."

"그건 다 가짜야."

"내 친구 거미도 이모가 죽였어."

"그럼 어떡해. 거미가 너 물면 어떡할래?"

겨울이 집에서 일하는 동안 아이는 스마트폰으로 유튜브를 봤다. 어느 날엔 한참 동안 방구석에서 무언가 들여다보고 있기에 뭐가 있나 하고 봤더니 손톱만 한 새끼 거미가 있었다. 겨울은 소리를 지르며 책으로 거미를 눌러 죽였다. 그러자 연우는 이모가 제 친구를 죽였다며 하루 종일 울어댔다. 숨을 꺽꺽거릴 때까지 울고 또 울었다. 겨울은 아이를 이해할 수 없었다. 거미를 친구라고 부르는 것도, 있지도 않은 친구를 만들어내서 마루라고 부르는 것도. 마루를 데려왔다며 들어와서 인사까지 시키던 날에는 어떻게 반응해야 할지 몰라서 고개를 끄덕이기만 했다. 연우가 말하는 마루는 토끼 모양 봉제인형이었다. 마루는 여자였다 남자였다 했다. 비행기 운전을 하기도 하고 뭐든 잘하는 그런 애라고 했다. 연우가 와서 마루 이야기를 조잘조잘 떠들 때마다 겨울은 뭐라고 대답할지 고민하느라 아무 말도 하지 못했다. 인터넷에 검색을 해보니 가상 친구 만들기는 그 나이 또래 애들한테서 흔히 나타나는 일이라고 해서 내버려두었다. 그게 벌써 일 년이 다 되어갔다.

"왜 이렇게 이모 말을 안 들어."

"이모는 바보 멍청이야."

연우는 이제 숨을 꺽꺽거리며 울었다. 겨울은 연우를 안고 계단을 내려갔다. 그러면서 연우의 등을 토닥였다. 지나가는 사람들이 쳐다보는 시선이 느껴졌다. 울지 마라. 제발. 울지 마. 주문처럼 읊조리자 연우는 서서히 울음을 그쳤다.

◇

겨울은 대학에 가서야 부모가 아이에게, 아이가 부모에게 그토록 다정할 수 있는 환경이 있다는 걸 알았다. 오랫동안 그 반대가 정상인 줄 알았다. 모든 집이 아이를 막 대해도 되는 제 소유물, 그도 아니면 꼭두각시쯤으로 여기는 줄 알았다. 내가 이렇게 힘든데 키워주는 것만으로도 고마운 줄 알라고, 나중에 갚아야 할 것들을 더하고 빼 마음속에 빚을 달아두는 줄 알았다. 그 셈에서는 이상하게 갚아야 할 것들만 늘어갔다.

집을 나온 건 열아홉 살 때였는데, 언니가 아빠에게 머리

한 줌이 뜯기고 난 다음의 일이었다. 언니는 그때 이미 스물
둘이었고, 나가려면 혼자 나갈 수도 있었는데. 겨울은 그날 일
을 아직 또렷이 기억하고 있었다. 언니는 특가 세일로 산 삼
만 원짜리 캐리어, 밑바닥이 닳은 백팩, 옆으로 매는 작은 힙
쌕에 들고 가야 할 물건을 며칠에 걸쳐 조금씩 싸두었다. 티
나지 않게 조금씩. 언니가 짐을 싸고 있다는 걸 눈치챈 것은
겨울뿐이었다. 가지 말라는 말을 며칠째 하지 못하고 있었다.
아마 언니가 현관을 나서는 순간까지도 하지 못할 거라고, 겨
울은 막연하게 생각했다. 겨울은 언니가 현관에서 부스럭거
리는 소리를 낼 때 방에 틀어박혀 침대 구석에서 벽지만 바라
보고 있었다. 언니의 발목을 잡고 싶진 않았다. 언젠가 나도
어른이 되면 이 집구석을 벗어날 테다. 그런 생각만 하며 숨
죽여 우는데, 언니가 방문을 열고 물었다.

"겨울아, 밥 먹으러 갈래?"

밥 먹으러 가자며 겨울을 데리고 나온 곳은 패밀리 레스
토랑이었다. 겨울은 그때 패밀리 레스토랑이라는 곳을 태어
나서 처음 가봤다. 메뉴판의 가격은 그 당시 받던 용돈으로는
상상할 수 없을 정도로 비쌌다. 언니는 겨울이 우물쭈물거리
는 사이에 아무렇지도 않게 폭립 스테이크와 투움바 파스타
를 주문했다. 음식이 나오기 전에 빵이 먼저 나왔는데, 겨울이
이건 시킨 적이 없다고 하려는 걸 언니가 가로막았다. 직원이

가고 나서 겨울이 언니에게 물었다.

"아웃…… 브레이크?"

아웃 뭐라고 쓴 거야. 못 알아먹겠네. 투덜거리자 언니는 웃음을 터뜨렸다. 언니는 립을 하나하나 발라주면서 이런 데 와서는 이렇게 하는 거야, 하고 겨울의 접시에 발라 놓은 고기를 척척 올려주었다. 파스타가 나오고 나서는 포크로 파스타 면을 돌돌 감아서 먹는 것까지 보여주었다. 겨울이 서툴게 그걸 따라 하자 언니가 말했다. 나는 힘들게 배우거나 눈치껏 배우게 된 것들 너는 쉽게 얻었으면 좋겠어. 절대 어디 가서 기죽지 마. 겨울은 이게 작별 인사구나, 예감했다. 눈물이 쏟아질 것 같은 걸 꾹꾹 누르면서 입에 넣은 파스타 면을 씹는데 언니가 물었다.

"그러니까 언니랑 같이 갈래?"

그 말에 결국 참았던 눈물이 쏟아졌다. 그때 언니가 갖고 있던 마음이 무엇이었는지 겨울은 연우를 데리고 와서야 알게 되었다. 가능한 한 자신이 가장 갖고 싶었던 삶을 주고 싶었다. 아이에겐 모든 것이 세상에 태어나 처음 마주한 풍경일 테고 가능하다면 되도록 많이, 그런 인생의 첫 순간들을 선물해주고 싶었다. 눈이 오면 처음으로 눈밭을 구르고, 눈싸움을 해보고, 한 번도 가보지 못한 곳으로 여행을 가고, 한 번도 먹어보지 못한 이상한 음식을 먹어보는 것. 물론 바라는 걸 전부 해줄 수는 없었다. 모든 게 돈으로 환원되는 세계에서 취향을 쌓는다는 건 돈이 많이 드는 일이었으니까.

깡충거리며 앞서 가던 연우가 버스정류장에 먼저 도착했다. 아이는 뒤를 돌아보며 겨울에게 손을 흔들었다. 언니와 닮았나, 생각이 들 때는 그런 때였다.

"이모, 빨리 와!"

흔드는 손짓이, 빨리 오라고 소리치는 얼굴이, 신이 나서 한껏 벌어진 입매가.

이를테면 입안 가득 음식을 씹는 빵빵한 볼 같은 것. 겨울은 양배추 샐러드가 담긴 볼을 연우의 앞에 놓고 식탁에 앉았다. 특별히 사우전드아일랜드 드레싱 소스까지 뿌려줬다. 얼마 전부터, 그러니까 토끼가 되겠다고 결심한 날부터 아이가 자꾸만 밥 대신 양배추를 먹겠다고 난리를 쳐서 마트에서 어쩔 수 없이 양배추만 두 통을 사 왔다. 일주일 내내 채 썰어 먹고 볶아 먹고 데쳐 먹어도 줄어들지를 않았다. 겨울은 자기 앞에 놓인 햇반 그릇에 3분 짜장을 부었다.

겨울은 연우가 양배추랑 닭 가슴살을 입에 가득 욱여넣고 씹는 걸 구경했다. 연우는 언니를 닮아 그런가 야채를 참 잘 먹었다. 겨울은 숟가락을 몇 번 휘젓다가 도로 내려놓았다. 밥맛이 없었다. 할 줄 아는 요리가 있었더라면 좋았을 텐데. 그러면 연우에게 제대로 된 밥을 줄 수도 있었을 텐데. 겨울이 숟가락을 내려놓자 연우가 먹다 말고 눈을 동그랗게 뜨고 겨울 쪽을 쳐다봤다.

"왜 안 먹어, 이모?"

"배불러."

"그거 먹고?"

겨울은 앞에 놓인 그릇을 내려다봤다. 거의 손대지 않은 밥이 처음의 모양 그대로 남아 있었다. 속이 쓰리긴 한데 더 먹고 싶지는 않아서 고개를 젓자 연우가 자기 볼에 있던 닭가슴살을 포크로 찍어서 겨울에게 건넸다. 겨울은 작게 입을 벌려 아이가 건넨 닭을 받아먹었다. 고무 씹는 것 같은 맛이 났다. 겨울은 제가 먹는 걸 쳐다보고 있는 연우의 둥그렇고 큰 눈을 바라보았다. 아이의 눈은 지나치게 맑았다.

"연우야."

하고 부르면 응, 하고 돌아오는 목소리가 있었다. 겨울은 천천히, 아무렇지도 않은 목소리로 물었다. "민호 네가 그랬어?" 연우가 고개를 들었다. 반듯하게 자른 앞머리 밑에 자신을 보는 눈망울이 있었다. 아이의 속눈썹이 파르르 떨렸다. 겨울은 연우가 그랬다고 해도 상관없었다. 연우가 그랬다고 해도, 연우의 편을 들어줄 생각이었다. 누가 뭐래도.

"……내가 안 했어."

"그래?"

"민호 혼자 떨어졌어."

왜 자꾸 물어? 선생님들도 그렇고, 이모도 그렇고. 다 미워. 목소리에 울음기가 가득했다. 겨울은 더 묻지 않고 연우가 앉아 있는 자리 앞에 가 무릎을 꿇고 앉았다. 이모가 잘못했어. 연우가 안 그랬다는 거 알아. 천천히 연우를 안고 등을 토닥이며 이마는 왜 그랬냐고 묻자 연우가 중얼거렸다.

"이모, 나."

"응."

"민호가 없었음 좋겠어."

걔는 나만 보면 니네 엄마 죽었다고 해. 그래서 민호가 죽었음 좋겠다고 생각했어. 연우의 등을 토닥이던 겨울의 손이 허공에 멈췄다. 아이의 악의는 손에 잡힐 듯 구체적이고 선명했다. 연우가 물었다.

"연우가 나빠서 민호가 떨어진 거야?"

겨울은 얼른 아니라고 대답했다. 생각만으로 사람은 악해질까? 이럴 때 좋은 부모라면 그런 생각조차 하면 안 된다고 가르칠 게 분명했지만 겨울은 망설였다. 겨울 역시 누군가가 죽기를 간절히 소망한 적이 있었으므로. 연우가 말을 이었다.

"근데 이모가 다른 애 때리면 안 된다고 했잖아."

"이모가 언제?"

"저번에."

민호 얼굴 때렸을 때. 자꾸 다른 애 때리고 그러면 안 된다고 그랬잖아. 착한 아이만 토끼가 되는 거라고. 겨울은 등을 토닥이던 손을 멈췄다. 그건 그냥 상황을 모면하려고 대충 지어낸 이야기였다. 칭얼대는 아이를 재우려고 그림책을 읽어주다가 그림책 속에 나온 토끼 이야기를 멋대로 지어낸 거였다. 그걸 기억하고 있을 줄은 몰랐다. 그제야 아침에 토끼가 되는 중이라는 말이 그 이야기였다는 걸 겨울은 깨달았다. 그런 말을 했다는 걸 믿을 수가 없었다. 착한 아이라니. 그건 겨울이 어린 시절을 통틀어 가장 혐오하는 말이기도 했다. 연우가 이어서 물었다.

"그럼 나 착하게 민호 안 때렸으니까⋯⋯."

이제 토끼 될 수 있어? 그 말에 겨울은 멍하니 일어섰다. 넘어오는 구토감에 다급하게 욕실로 달려갔다. 변기 안으로 입을 악 벌리고 욱욱거리는 소리를 내봤지만 넘어오는 것은 신 위액과 조금 전에 받아먹은 닭고기 조각뿐이었다. 겨울은 변기 뚜껑을 부여잡았던 손을 거둬들였다. 그리고 손가락을 목구멍 안으로 집어넣었다. 젖은 목젖 근처 바닥을 꾹꾹 힘겹게 누르니 생리적인 눈물이 줄줄 흘러내렸다. 뒤따라 욕실로 들어온 연우도 울기 시작했다. 이모, 죽지 마. 죽지 마, 하며 겨울의 바싹 마른 등을 끌어안았다.

언니가 죽었을 때, 사람들은 아무렇지도 않게 말을 보냈다. 시설에 보내야지, 어떡하겠어. 아니지, 애 아빠 집에서 데려가야지. 너 혼자서 어떻게 할래. 애 키우는 게 장난인 줄 알아? 그 말이 옳다는 걸 겨울도 잘 알고 있었다. 하지만 친구들이 모르는 사실이 하나 있었다. 아이가 겨울을 필요로 하는 만큼 겨울도 아이를 필요로 했다. 어쩌면 아이보다도 더. 핏줄 같은 고리타분한 이유 때문이 아니었다. 언니에게 은혜를 갚겠다는 고상한 이유 또한 아니었다. 실상은 더 초라하고 비열했다. 겨울은 그저 언니가 없는 세상에서 계속 살아가야 할 이유가 필요했다. 아이를 키우려면 죽지 말아야 했다. 잘 살아야 했다. 병원에 돌아가면 안 됐다. 그런데도 불안했다. 그래서 겨울은 여러 가지 놀이를 발명했다. 내가 어느 날 갑자기 집에 돌아오지 않더라도 너는 우리 집을 찾아올 수 있게.

목구멍 깊이 집어넣었던 손가락에서 힘이 빠졌다. 간신히 변기 뚜껑을 내리고 뒤를 돌자 연우의 얼굴이 보였다. 눈물 콧물 범벅이 된 못난 얼굴이 말했다.

"이모, 죽지 않는 방법을 찾아보자."

연우도 같이 생각해볼게. 그 말에 조금 웃음이 났다. 겨울은 아이의 자그만 손을 붙잡았다. 그냥 잠깐 떨어져 있는 거라고 했잖아. 언니의 죽음을 아이에게 납득이 가도록 설명할 방법을 알지 못했다. 잠깐이라고 하자 아이는 물었다. 얼마나? 열 밤? 고개를 젓자 백 밤? 하고 물었다. 백 다음은 뭔지 모르는 아이가 울상을 지었다. 겨울은 그런 걸 잘, 동화 속 이 야기처럼 아름답게 설명해주고 싶었다. 하지만 언니의 죽음 은 겨울에게조차 어떤 말로도 설명되지 않는 일이었다. 자신 도 언젠가 죽으리라는 단순한 사실 말곤 아무것도 위로가 되 지 않았다. 겨울은 아이의 손을 씻긴 다음 안아 들고 욕실을 나왔다. 식탁에 남아 있는 음식 냄새만 맡아도 토할 것 같았 지만 꾹 참았다. 아이를 침대에 눕히고 머리를 쓰다듬었다. 이 마에 붙어 있는 반창고가 손에 걸렸다. 흉 지지 마라, 겨울은 이마를 한참 쓰다듬었다. 그러다 연우에게 읽어주다 만 동화 책이 눈에 들어왔다. 돌고래와 고래가 표지에 사이좋게 그려 져 있는 동화책.

"연우야."

"응."

"토끼 말고 고래는 어때?"

"왜? 나는 토끼가 좋은데?"

"고래는 눈에 보이지 않을 정도로 아주 멀리 있는 고래와 도 이야기를 할 수 있대."

"어떻게?"

"초음파를 보내는 거야."

"초음파가 뭔데? 어떻게 보내?"

"그건 이모도 모르지."

이모가 과학자도 아닌데 어떻게 알아. 그러자 연우는 치, 하는 소리와 함께 입을 삐쭉였다. 그러고 나서 말했다.

"그럼 과학자가 될까? 내가 이모 가르쳐줄게." 그리고 우리 같이, 엄마한테 초음파를 보내자. 겨울은 웃었다. 언니가 알았다면 드디어 우리 애한테 정상적인 꿈이 생겼다고 기뻐했으리라. "이모는 어릴 때 고래가 되고 싶었어." "근데 왜 고래가 못 됐어?" "그러게." 정상적인 꿈이란 뭘까. 겨울은 스스로에게 자문해봤다. 직업이 꿈이 되는 순간? 정상적이란 말은 어쩌면 시시한이란 말과 같을지 모른다. 연우가 겨울에게 자기 옆에서 자라고 손짓을 했다. 겨울은 아이의 옆에 누웠다. 그러자 아이의 단풍잎 같은 손이 겨울의 배를 토닥토닥 두드리기 시작했다. 겨울은 연우의 다른 한 손을 쥐었다. 연우가 느릿느릿 노래를 부르기 시작했다. 파란 토끼를 보았니. 초록 토끼를 보았니. 파랑 초록은 다른 색인데 사람들은 같다고 하지요. 겨울이 멋대로 파란 나라를 개사한 노래였다. 연우는 음정도 박자도 엉망진창인 노래에 괴로워하면서도 곧잘 따라 불렀다. 겨울은 누군가가 제게 불러주는 자장가를 들으며 눈을 감았다. 겨울이 기억하기로는 처음이었다.

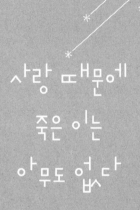

사랑 때문에

죽은 이는

아무도 없다

할아버지가 내게 남겨준 유품은 이안 말고도 하나가 더 있었다. 2007년식 포터2. 태어난 지 사십 년이 다 되어가는 고물 트럭이다. 아직까지도 바퀴가 굴러간다는 게 신기할 지경이었다. 내가 아홉 살이었을 때 할아버지는 이 트럭에 나를 태우고 거래처와 제조사를 여기저기 돌아다니곤 했다. 할아버지가 일을 하는 동안 나는 트럭 조수석에 앉아 창밖을 내다보는 일밖엔 할 수 없었다. 할아버지는 그럴 때마다 봉지 라면을 하나씩 내 손에 쥐어주었다. 내 입맛 따위는 고려하지

---

* 제목은 쉼보르스카의 시 〈사진첩〉에서 인용

않은, 순전히 할아버지의 취향이었다. 할아버지는 항상 그랬다. 자기가 좋아하는 걸 쥐어주고는 자기는 잘해줬다고 생각하는 식이었다. 애도 아니고. 어째서 남의 입장에서 생각해보려는 노력은 하지 않는 걸까.

트럭은 늙은 개 같았다. 탁한 숨을 뱉어가며 터덜터덜 간신히 움직였다. 하지만 집에 남아 있는 차라곤 이것 하나뿐이어서 트럭을 타고 이동할 수밖에 없었다. 자동 항법 장치가 개발되고 나서 운전할 필요가 없어진 시대가 왔는데도 왜 할아버지가 디젤식 자동차를 고집했는지, 나는 이해할 수가 없었다. 돈이 없었던 것은 물론 아니었다. 할아버지의 '이안'은 정말 말 그대로 불티나게 팔렸으니까. 이안은 독거노인용 말상대 안드로이드가 상용화된 지 꽤 시간이 지난 후에 나온 후발 주자에 속했지만 상대적으로 싼 가격과 사람과 가장 흡사한 외모 때문에 인기가 높았다. 나는 아홉 시 뉴스에서 이안의 어깨에 팔을 두르고 나오는 할아버지를 보면서 취향이 꽤 악취미라고 생각했다. 망할 노인네, 죽은 자기 딸 어릴 때랑 똑같은 얼굴을 만들면 어쩌자는 거야. 그것도 여성형도 아니고 남성형 안드로이드를. 덕분에 난 이안을 볼 때마다 그 얼굴에 조금씩 남아 있는 엄마의 흔적을 어쩔 수 없이 함께 볼 수밖에 없었다.

임대 아파트에서 캐리어 몇 개를 끌고 나와 트럭에 실었다. 몇 년째 관리조차 받지 못한 아파트는 여기저기 창문이 깨져 있었다. 내가 살던 사 층 베란다 창문도 마찬가지였다. 화단은 이미 시든 지 오래였다. 나는 아파트를 한 번 둘러보고 나서 이안에게 차키를 넘겼다.

네가 운전해. 나 운전 못해.

이안은 고개를 갸웃거렸다. 하지만 은석, 나도 그런 거 할 줄 모르는데……? 말꼬리를 흐리는 이안에게 막무가내로 차키를 쥐어준 뒤 나는 조수석에 올라탔다. 이안은 멍청히 제자리에 서 있었다.

야! 안 타고 뭐해?

내가 소리치자 이안은 마지못해 운전석의 문을 열고 올라탔다. 그리고 자리에 앉아 내 얼굴만 멀뚱히 쳐다보고 있었다. 깡통 티 내는 것도 아니고. 머리가 지끈거렸다. 정말이지 차는 질색이었다. 나는 이안의 손에서 차키를 뺏어서 구멍에 꽂았다. 차키를 돌려 시동을 걸자 포터가 힘겹게 비명을 내질렀다. 백미러에 걸린 사진이 함께 덜덜 떨렸다. 나는 손가락으로 이안의 눈썹 위쪽을 툭툭 쳤다.

매뉴얼에 없으면 검색이라도 해봐. 그 정도도 할 줄 몰라?

이안은 잠깐 허공을 멍하니 쳐다보더니 고개를 끄덕였다. 이제 할 수 있겠냐고 묻자 이안은 또 고개를 주억거렸다. 걱정 마, 다 외웠으니까. 내가 의심을 떨치지 못하고 계속 바라보자 이안은 한 번 씩 웃더니 클러치를 밟았다가 떼고 액셀을 밟았다. 포터가 덜덜거리면서 움직이기 시작했다.

은석, 운전 못 한다더니 시동은 걸 줄 아네. 근데 왜 운전 안 해? 은석이 운전하는 것도 한 번 보고 싶은데. 진짜 근사할 거 같아.

단순히 기술적으로 할 줄 아냐고 묻는다면 운전을 할 줄은 알았다. 운전면허증도 있었다. 적성검사 기간에 갱신을 하지 않아 지금은 아마 취소되었겠지만. 나는 이안의 말을 못들은 척 눈을 감고 창문에 머리를 댔다. 이안이 쓸데없는 말을 하는 바람에 쓸데없는 기억이 떠올랐다. 최대한 떠올리지 않으려 노력하며 잠을 청했다. 근데 은석아 우리 어디로 가? 끈덕지게 물어오는 이안의 말에 나는 잠시 생각하다가 노인네의 집으로 가자고 했다.

한참 운전을 하던 이안이 한 손으로 내 어깨를 톡톡 쳤다. 나는 한쪽 눈만 간신히 뜨고서 이안을 쳐다보았다. 이안은 백미러에 매달려 대롱대롱거리는 사진을 가리키며 물었다. 이거 누구야? 나랑 똑같이 생겼다.

깡통, 제발 입 좀 닥쳐. 쓸데없는 거 자꾸 물으면 버리고 간다.

이안은 내가 이런 식으로 굴 때마다 어떤 반응을 해야 하는지 헷갈리는 모양이었다. 원래가 독거노인 말상대용으로 개발된 것이었으니까. 텔레비전에서 본 이안의 광고가 떠올랐다. 마른 장작개비처럼 생긴 노인이 이안의 무릎에 얼굴을 베고 누워 있는데 이안이 노래를 부르는 장면이 지나갔다. 그나마 이안이 남성형인 게 다행이었다. 인간의 가장 가까운, 다정하고 친절한 우리의 친구는 개뿔. 그래봤자 늙은이들 비위나 맞추는 주제에. 나는 앞이나 보라고 손을 내저었다. 어색한 침묵이 내려앉았다. 도로 눈을 감았다. 작은 침묵 뒤에 이안이 조그맣게 속삭였다.

은석, 노래를 불러줄까? 사람은 자장가를 들으면 더 편하게 잘 수 있다던데.

나는 시끄럽다고 손바닥으로 이안의 주둥이를 탁 쳤다. 깡통소리가 날 줄 알았는데 그런 소리는 나지 않았다. 이안이 과장된 제스처로 한 손을 들어 입을 감쌌다. 까고 있네. 아픔을 느끼지도 않으면서. 깡통 주제에 아주 인간 흉내를 내는 데 도가 텄다. 노인네는 매일 이안의 자장가를 들으며 잠이 들었나? 그래봤자 노인네는 죽었고 나는 그 빌어먹을 영감탱이가 아닌데. 이안은 너무하다느니 매정하다느니 엄살을 떨더니 내가 무시하자 자기 멋대로 노래를 부르기 시작했다.

엄마는 한때 아주 유명했던 아이돌이었다. 남자고 여자고 할 거 없이 수많은 팬들을 거느렸고 엄마가 발표하는 노래마다 음원 차트를 휩쓸었다고 한다. 그러다가 스물세 살에, 데뷔한 지 오 년 만에 돌연 은퇴를 선언했다. 지금이야 정자 은행에서 기증 받아 혼자 애를 낳는 여자들이 많아졌다고 해도 남편 없이 애를 임신한 것이 당시에는 꽤 큰 스캔들이어서, 그것 때문에 더 이상 무대에서 노래할 수 없게 됐다. 애 아빠가 누구냐는 추측 기사가 쏟아져 나왔고 의견이 분분했는데 엄마는 거기에 대해서 단 한 마디도 대답하지 않았다고 했다. 그리고 조용한 해변가로 내려가 나를 키웠다. 할아버지와 같이 살게 된 게 그때부터였다.

지금도 엄마의 노래를 기억하는 사람이 있을까. 이미 한참 유행이 지나간 히트송을. 이안이 지금 그걸 부르고 있었다. 엄마의 노래를. 빌어먹을 노인네. 도대체 매뉴얼을 어떻게 한 거야. 여태 잘 참아왔는데. 똑 닮은 얼굴로, 똑같은 목소리로, 똑같은 노래를 부르는 것은 견딜 수가 없었다. 나는 이안에게 당장 차를 세우라고 명령했다. 이안은 털털털 소리가 나는 포터를 간신히 갓길에 주차했다.

야, 깡통. 너 한 번만 더 그 노래 부르면 진짜 버리고 갈 테니까 그렇게 알아.

왜?

짜증나니까. 듣기 싫으니까.

이안이 시무룩해진 얼굴로 고개를 끄덕였다. 은석이 싫

어하는 건 안 해. 기계 주제에 잘도 가식적인 표정을 지어낸다. 그런데 순간 그 연갈색 눈망울이 엄마의 눈과 겹쳐 보였다. 엄마는 눈물이 많은 사람이었다. 할아버지는 그게 다 눈물점 때문이라고 했다. 눈물점 때문에 느이 엄마 팔자가 기구해졌다고. 엄마는 슬픈 영화를 보다가도 울었고 팬들이 준 선물이 새로 올 때마다 울었다. 그렇지만 깡통 따위가 눈물을 흘릴 수 있을 리가 없었다.

그때 유리창 위로 빗방울이 하나씩 떨어지기 시작했다. 오랜 가뭄 끝의 단비였다. 이안이 말했다. 비 온다! 은석아, 봐봐. 우리 창문 좀 열까? 나는 비가 너무 좋은데, 비 맞으면 시스템이 망가지니까 아버지가 레인코트를 만들어주셨어. 이안이 또 종알종알 떠들어대기 시작했다. 방금 전 울 것 같았던 얼굴은 온데간데없었다. 하지만 나는 비가 싫었다. 비가 오면 사고 때 다친 허리가 욱신거렸으니까.

이안이 처음 나를 찾아왔던 날도 비가 내렸다. 그날 이안은 파란색 레인코트를 입고 현관 앞에 서 있었다. 이안이 나를 돌아보던 순간 나는 죽었던 엄마가 살아 돌아온 줄 알았다. 뒷걸음질 치다가 들고 있던 봉투를 놓쳤다. 벌어진 봉투에서 귤이 몇 알 굴러 나와 이안의 발치에 가 닿았다. 그 자리에서 당장 도망치고 싶었지만 발이 묶인 것처럼 움직이질 않았다. 애꿎은 입술만 잘근잘근 물어뜯었다. 나는 시간이 조금 지난 뒤에야 그게 이안이라는 걸 눈치챘다. 이안의 눈 밑에는 엄마의 눈물점이 없었다. 노인네가 눈물점까지 똑같이 만들고 싶지 않았던 모양이었다. 그러자 갑자기 그 얼굴이 낯설게 느껴졌다. 그게 참 이상한 일이었다.

이안은 할아버지가 죽었다고 했다. 죽는다는 게 뭔지도 모르는 주제에. 그런 말을 하는 이안의 태도는 침착했다. 그때까지 나는 할아버지가 최초의 이안을 데리고 있었단 사실조차 모르고 있었다. 어떻게 그럴 수가 있지? 이미 죽은 사람을 되살려내겠다는 생각 자체부터가 글러먹은 거였다. 지긋지긋한 노인네. 덕분에 나는 도처에 깔린 엄마 얼굴들을 마주해야 했다. 그게 얼마나 끔찍한 일인지 노인네가 알기나 할까. 현관 앞에 서 있던 이안을 지나치며 말했다.

그 노인네가 죽든 말든 그게 나랑 무슨 상관이야?

이안은 황급히 내 팔을 붙잡았다. 나는 함부로 만지지 말라고 말하며 뿌리쳤다. 이안이 말했다. 유언이 있었어. 나는 코웃음을 쳤다. 유언, 뭐. 이제 와서 무슨 할 말이 있다고. 이안을 만들어낸 노인네와 대판 싸우고 나서 집을 나온 지 십 년이 다 되어갔다. 그러니 내가 들을 말은 없었다. 현관 손잡이를 잡자 이안이 말했다. 아버지가 유산을 남겼어. 이안의 레인코트에서 파란색 빗방울이 뚝뚝 떨어졌다.

생명이 시작되는 곳에, 두고 왔다고 했어.

개뼈다귀 같은 소리다. 노망난 노인네의 헛소리에 지나지 않는다고 생각했다. 유산이 필요하지 않았다면 이안을 따라나서는 짓은 하지 않았을 거다. 하필이면 며칠 전에 해고를 당했다. 시 당국에서는 더 이상 도서관 사서는 필요 없다고 했다. 모든 것이 전자 시스템으로 이루어질 거고, 아주 최소한의 인력만 남기고 사서의 역할은 안드로이드가 대신하기로 했다고. 하긴 책들도 이제 운명을 다하고 전자책으로 대체되고 있는 시대에. 앞으로 도서관의 운명은 어떻게 될까? 일개 개인이 예측하기엔 기계 문명의 발전 속도가 너무 빨랐다. 그렇게 서면 몇 줄로 아주 쉽게 모가지가 날아갔다. 내가 퇴직금으로 받은 건 꼴랑 몇 달 정도를 버틸 수 있는 칩 몇 개가 전부였다.

이안은 다시 떠들어대기 시작했다. 조잘조잘 참새 부리 같은 입술이 쉴 새 없이 움직였다. 은석. 아버지 집에 가려면 이제 작은 사막 하나를 지나가야 해. 몇 년 전부터 계속된 가뭄 때문에 사막으로 변한 곳이라 은석은 모를 수도 있겠다. 원래는 나무가 정말 많았는데…… 이런 기후에 사막이라니 진짜 안 믿기지?

그리고 나는 이제 이안의 입을 다물게 하는 방법을 알았다. 조용히 하라고 이안의 가슴께를 무심코 툭 한 번 쳤다가 알게 됐다. 이안은 심장이 있어야 할 위치를 누르면 싸구려

곰 인형처럼 한 마디 말을 반복해서 했다. 아이 러브 유! 아이 러브 유! 그러면 화들짝 놀라면서 이안은 입을 다물었다. 도대체 이건 무슨 취향이냐. 사람도 아니고 그렇다고 인형도 아니고. 인공지능의 프로세스에 의해서 나오는 말이 아닌 모양이었다. 다른 어떤 말을 하다가도 마찬가지였다. 나 역시 그 말을 듣기 곤혹스러웠지만 그것만큼 이안의 입을 효과적으로 차단하는 방법은 없었기에 자주 써먹게 되었다. 이번에도 나는 이안의 가슴을 툭 쳤다.

아이 러브 유!

이안은 딸꾹질이라도 한 것처럼 입을 틀어막았다.

한동안 조용한 상태가 이어졌다. 그게 좋아서 콧노래를 간간히 흥얼거릴 정도로 기분이 좋았다. 자동차 바퀴가 모래 구덩이에 빠지지만 않았어도 이 기분은 계속 유지되었을 것이다. 차가 기우뚱하더니 주저앉아 버렸다. 이 늙은, 개 같은 차. 처음에 이안은 차에서 내려 구덩이에 빠진 바퀴를 들어 올려 보려고 낑낑거렸다. 함께 좀 들었으면 하는 눈으로 내 쪽을 쳐다봤지만 나는 차에서 내리지 않았다. 사막의 햇볕은 따가웠다. 차에서 내리면 금세 땀이 한가득 쏟아질 것만 같았다. 이안은 땀이 안 난다지만 나는 아니었다. 안 그래도 못 씻어서 찝찝한데 거기다 땀까지 더하고 싶지는 않았다.

해가 저물어가고 있었다. 사막의 밤은 추웠다. 나는 다시 한 번 시동을 걸어보았다. 드드드, 드드, 하는 소리만 날 뿐 차는 이제 시동마저 걸리지 않았다. 이안을 찾아보려 차 문을 열고 밖으로 나왔다. 이안이 멀리서 걸어오고 있었다. 아무것도 건지지 못한 모양이었다. 이안이 미안하다고 했다. 은석, 주변에 아무것도 없어. 모래 바람이 불었다. 순식간에 기온이 떨어지는 것이 느껴졌다. 우리는 차 안으로 들어갔다. 안은 그나마 좀 따뜻했다. 그래도 춥긴 추워서 나는 최대한 몸을 웅크리고 있었다. 이가 딱딱 부딪힐 정도로 몸이 떨리는 건 어쩔 수 없었다. 옆에서 이안이 손을 내밀었다. 나는 그 손을 쳐냈다.

이런 때라고 친한 척하지 마. 너 같은 건 유산을 찾기만 하면 바로 버릴 거니까.

이안은 가만히 내 얼굴을 바라보기만 했다. 이 멍청한 깡통은 버려진다는 게 뭔지도 모른다. 버려졌을 때 슬프지도, 주인을 원망하지도 않을 것이다. 안드로이드는 감정이라는 게 없으니까. 나는 차라리 안드로이드처럼 되고 싶었다. 버려진다는 것도, 혼자 남겨진다는 것도 모르고 싶었다.

네가 잘 모르나 본데, 버려지는 건 네가 필요 없어졌다는 거야.

그거 슬픈 거야?

아니. 물건이 슬픈 게 어디 있어. 그냥 버려지는 거야.

이안이 말했다. 나는 사람의 감정을 훈련 받았는데, 슬픔이라는 감정은 너무 복잡해서 그것만은 이해할 수가 없었어. 하지만 아버지가 보여준 적이 있어. 슬픈 사람들의 얼굴. 찡그리고 울고 있는, 그런 얼굴을 하고 있으면 옆에서 꼭 안아줘야 된다고 했어.

이안이 다시 손을 내밀었다. 모른 척하려고 했는데 손발이 꽁꽁 얼어붙어 이제 아리기까지 했다. 나는 마지못해 그 손을 잡았다. 이안의 몸에는 열선이 깔려 있어서 온도 조절이 가능했다. 꼭 난로를 손에 대고 있는 것 같은 기분이 들었다.

따뜻해서 그런지 잠깐 선잠이 들었다. 눈을 떴더니 주변에 희붐한 빛이 깔려 있었다. 사막에서 맞는 아침이었다. 언제 가까이 왔는지 이안이 바로 옆에서 나를 끌어안고 있었다. 나는 이안의 몸을 밀쳐냈다. 이제 빠르게 더워질 것이다. 온기 같은 건 필요 없었다. 이안에게 출발하라고 명령했다. 차키를 돌렸는데 여전히 시동은 걸리지 않았다. 나는 다시 깡통을 불렀다. 그러자 이안이 눈을 뜨고 바싹 고개를 들이밀고 내가 말하기를 기다렸다.

자동차 배터리가 나간 거 같아. 이 근처에 작은 도시가 하나 있다는데 좀 알아보고 와.

지도에는 분명 이 부근에 작은 도시가 하나 있다고 나와 있었다. 그런데 이안이 꼼짝도 하지 않고 있었다.

깡통, 왜 그래?

이안은 곤란하다는 얼굴로 말했다. 배터리가 다 돼가. 아마 한두 시간밖에 못 버틸 거야.

깡통 티 내는 것도 아니고. 순간적으로 짜증이 났다. 나는 그제야 이안의 배터리를 충전한 지 일주일이 다 되어간다는 사실을 기억해냈다. 구형 안드로이드는 기계 효율이 그다지 좋지 못했다. 충전기를 가져오긴 했는데 전기를 연결할 만한 것이 없어서 소용이 없었다. 자동차에 연결하는 방법도 있었지만 자동차마저 배터리가 나가는 바람에 그럴 수도 없었다. 그러고 보니 이안이 지난밤에 열선을 틀어두고 잤다는 게 생각났다. 내가 쳐다보자 이안은 점점 느려지는 말투로 대꾸했다. 괜찮아, 은석. 전원이 꺼져도 충전하면 다시 돌아올 테니까. 나는 그런 것을 걱정하는 게 아니었다. 이안이 없으면 내가 감수해야 할 불편을 셈해보는 중이었다. 우선 이 더운 날씨에 내가 직접 돌아다녀야 한다는 게 가장 큰 문제였다.

이안의 몸이 자동차 시트에 축 늘어져 있었다. 이럴 때마다 새삼스럽게 이안이 안드로이드라는 사실이 피부에 와 닿았다. 알고 있었던 것을 재확인하는 것뿐인데 낯선 기분이 들었다. 이안의 얼굴은 너무나 평온했고 마치 잠에 빠져드는 것 같았다. 나는 이안의 이름을 불렀다. 그러자 이안이 간신히 눈을 뜨고 나를 바라보았다. 이안이 말했다.

은석, 노래를, 불러, 줄까?

배터리가 꺼져가는 상황에서 잘도 그런 말이 나온다. 멍청한 깡통. 매뉴얼이 아니면 할 수 있는 게 뭐야. 이안은 지난번 그 노래가 아니라고 말했다. 나는 대꾸하지 않았다. 그러자 허락이라고 생각했는지 이안이 노래를 부르기 시작했다. 어린 애들한테나 불러줄 법한 자장가였다.

이안은 눈을 깜빡였다. 그럴 때마다 숱 많은 속눈썹이 파르르 떨렸다. 노래가 점점 늘어졌다. 나는 손을 뻗어 이안의 눈을 감겨주었다. 이안은 금세 잠에 빠져들었다. 삐, 하고 이안의 프로세서가 중지되는 소리가 들렸다. 이게 진짜 죽음이 아니란 것 정도는 나도 알았다. 그런데도 무서웠다. 그 삐, 하는 소리가 귀에 이명처럼 반복되었다. 그 소리에 다시 오래 전 일어난 교통사고 기억이 돌아왔다. 눈이 아주 많이 내린 날이었고, 타이어가 도는 순간 나는 반사적으로 내가 살 수 있는 쪽으로 핸들을 돌렸다. 마주 오던 승용차가 조수석 쪽을 들이받았다. 스키드 마크를 그리면서 낸 끔찍한 소음 이후에 모든 것이 공백이었다. 마지막으로 본 엄마는 자고 있는 얼굴이었다. 다시는 깨어나지 못할 영원한 잠.

눈을 감은 이안의 얼굴이 평온했다. 이안은 충전을 하면 다시 살아날 것이다. 엄마는 다시 일어나지 못했는데 이안은 일어날 것이다. 똑같은 얼굴을 하고서. 엄마도 죽고 이젠 노인 네마저 죽었는데도.

나는 시동이 꺼진 포터를 잠깐 쳐다보았다. 사방에는 모래뿐이었다. 바짝 마른 나무 몇 그루가 듬성듬성 이어져 있었다. 차키를 뽑았다. 백미러에 걸린 사진이 내 움직임에 따라 흔들렸다. 나는 이안의 마른 나뭇가지 같은 몸을 안아 올렸다. 깡통이라 무게 같은 건 없을 줄 알았는데 두 손 가득 묵직한 게 들어찼다. 차 문을 열고 내리자 모래바람이 불었다.

이안을 업고 안드로이드 스토어를 찾아 들어갔다. 입구에는 '구형 안드로이드 리콜 행사'라고 쓰인 플래카드가 눈에 잘 띄는 곳에 붙어 있었다.

이안과 똑같은 얼굴을 한 구형 안드로이드는 온갖 안드로이드와 가전제품 사이에 얌전하게 앉아 있었다. 이안의 발치에는 로봇 청소기가 윙, 소리를 내며 먼지 한 톨 없는 바닥을 청소하고 있었다. 거기까진 평범한 가전제품 매장처럼 보였다. 둥그런 원기둥 모양의, 사람과는 전혀 같지 않은 안드로이드들이 지나가는 사람들에게 말을 걸었다. 안녕하세요, 리콜 행사 중입니다. 구형 안드로이드 대신 저를 데려가세요. 그 안드로이드 사이에서 이안은 이질적인 존재였다. 매장 앞에 가만히 서 있자 직원이 다가왔다.

구형 안드로이드 리콜하시려고요?

여자가 내 등에 업힌 이안을 쳐다보면서 말했다. 나는 가
만히 직원의 얼굴을 쳐다보다가 물었다. 이안이 왜 리콜되고
있는 거죠? 직원이 웃으며 대답했다. 최근에 이 구형 안드로
이드 때문에 자살하는 사건이 일어났다는 거 모르셨어요? 아
무래도 실제 사람을 모델로 만든 거라, 사람들이 자주 인간으
로 착각하는 모양이더라고요. 이건 기계일 뿐인데, 그렇죠?
아무튼 정부에서 일괄적으로 폐기처리하라는 명령이 떨어졌
어요. 나는 직원의 말을 들으며 고개를 끄덕였다.

폐기처리되면 어떻게 되는 거죠?

뭐, 부품을 하나하나 분해해서 다시 다른 기계 부속품으로
사용하겠죠, 아마.

그럼…… 폐기를 안 하겠다면요?

글쎄요, 그냥 이참에 새 거로 교환하시는 게 어떠세요?

요즘 트렌드는 사람과 흡사하되, 너무 사람 같지는 않은
로봇이에요. 그렇게 말하는 직원의 목소리에는 생기가 하나
도 없었다. 웃고 있는 눈과 마주쳤지만 어쩐지 살아 있는 것
같지가 않았다. 직원이 지치지도 않고 신형 안드로이드를 들
이밀었다. 나는 됐다고 말하고 뒤돌아섰다. 폐기는 내가 막을
수 있는 일이 아니었다. 그래도 지금은 아니었다. 아직 유산을
찾지도 못했다. 노인네의 유산을 찾기 위해서는 이안이 필요

했다.

그때 누군가가 세탁기 위에 있던 이안을 향해 침을 뱉었다. 이안은 그래도 아랑곳하지 않고 웃으며 지나가는 사람들을 향해 말을 걸었다. 내 뒤에 있던 직원이 놀라서 소리쳤다. 너네 지금 뭐하는 거야. 저게 얼마짜린 줄이나 알아? 그냥 평범한 아이들이었다. 그 애들이 내 등 뒤의 이안을 향해서도 침을 뱉기 시작했다. 사람들은 가장 사랑했던 안드로이드를 향해 이젠 침을 뱉었다. 무리 중의 맨 앞에 있던 어린아이가 소리쳤다. 너 때문에 우리 할아버지가 죽었어. 맨날 너 따위랑 얘기하더니, 결국 자기 혼자 죽어버렸다고. 나랑 엄마는 어쩌라고, 자기 혼자…… 곧 울먹거리는 목소리로 변했다. 울음이 주변으로 번지며 소란이 일었다. 나는 얼굴에 묻은 침을 닦아내고 그 애들을 지나쳐서 뛰기 시작했다.

스토어에서 자동차 배터리를 사서 포터로 다시 돌아왔을 때는 이미 해가 저가고 있었다. 나는 이안을 조수석에 놓고 배터리를 갈았다. 이걸 사느라 칩을 쓰는 바람에 마이너스가 또 쌓였다. 배터리를 갈아 놓고 나는 운전석의 손잡이를 잡았다. 사막이니까 괜찮다고 혼잣말을 했다. 딱 이번뿐이라고. 그리고 운전석에 올라타 키를 꽂고 시동을 걸었다. 드드드, 하고 힘없는 소리를 내더니 이윽고 시동이 걸렸다. 이를 악물었다. 있는 힘껏 클러치를 밟았다가 떼고 액셀을 밟았다. 너무 세게 밟아서 포터가 반동을 이기지 못하고 휘청거렸다. 구덩이에서 바퀴가 빠져나왔다. 백미러에 매달린 사진도 함께 흔들렸다. 내 몸의 떨림 같은 건 그래서 대수롭지 않게 느껴졌다.

포터는 잘 굴러갔다. 소름이 끼칠 정도로 조용했다. 이상하게 허전한 기분이 들었다. 옆에서 종알종알 떠들던 게 시체처럼 누워 있어서 그런 건가. 짜증이 나는 것 같기도 하고 갑갑한 것 같기도 했다. 노래라도 들을까 해서 한 번도 틀어본 적이 없던 자동차 라디오에 손을 댔다. 지지직거리는 소리만 날 뿐 라디오에서는 아무 노래도 나오지 않았다. 필요할 땐 꼭 이런 식이지. 나는 신경질적으로 라디오를 껐다. 노인네의 집까지 얼마 남지 않았다. 액셀을 더 세게 밟았다. 엔진 소리가 조금 더 커지기를 바라면서.

이안을 들어 품에 안고 차 문을 열었다. 코끝에 소금내가 확 끼쳤다. 통나무집에서 내려다보면 엄마 손을 잡고 걷던 모래사장이 보였다. 노인네의 집은 내가 떠났을 때와 별반 다르지 않았다. 거미줄이 여기저기 쳐져 있는 것만 빼면 십여 년 전 모습과 똑같았다. 노인네는 엄마가 죽은 이후 집의 어떤 것에도 손대지 않았다. 통나무로 지어진 이층집. 이층에 있는 다락방이 한눈에 보였다.

문은 잠겨 있었다. 혹시나 해서 도어락에 손가락을 갖다

대자 띠릭 소리가 나면서 문이 열렸다. 문을 열고 들어가자 익숙한 거실 풍경이 보였다. 집 안에 있던 온갖 로봇들이 순식간에 현관 앞에 모여 들었다. 거미 모양을 하고 있는 청소 로봇이 내 발등 위에 올라왔다. 나는 발을 털어내며 집 안으로 들어갔다. 로봇들이 모세의 기적처럼 양쪽으로 갈라져 길을 만들었다. 노인네의 연구실로 향하는 길이었다. 가지가지한다. 왜, 폭죽이라도 터뜨리시지. 노인네 손바닥에서 놀아나는 기분이었지만 그 길로 걸었다.

연구실의 문을 열자 보인 건 온갖 기계 부품들과 널브러진 책들, 그리고 책상 위에 올려져 있는 작은 종이 뭉치들이었다. 나는 책상 위에 일단 이안을 내려놓았다. 종이 뭉치를 들어 펼치자 노인네가 적어 놓은 글씨가 눈에 들어왔다.

생명은 심장에서 시작된다.

또 생명이 어쩌고 심장이 어쩌고 개뼈다귀 같은 소리를 지껄여 놓았다. 나는 종이를 도로 구겨 던졌다. 나머지 다른 종이는 전부 백지였다. 쓸모없는 영감탱이. 연구실을 한 번 둘러보았다. 한쪽 구석에 걸려 있던 거울에 내 모습이 비쳤다. 덥수룩한 머리에 지친 표정을 한, 창백한 남자가 서 있었다. 오래 면도를 하지 않아 수염이 지저분하게 나 있었다. 스트레스 때문에 늘어가기 시작한 흰머리도 드문드문 눈에 띄었다. 거울 속에는 책상 위에 누워 있는 이안의 모습이 함께 보였다.

나는 책상 위에 반듯하게 누워 있는 이안을 내려다봤다. 이안의 얼굴은 십 년 전에도 그대로였다. 아마 십 년 후에도 그럴 것이다. 바닥에 굴러다니는 기계 부품들 사이에 이안의 충전기가 보였다. 충전기를 가져온 다음 이안을 뒤집었다. 등에 충전기를 꽂자 전기가 들어가면서 이안의 몸이 한 번 살짝 들썩였다. 나는 이안을 일으켜 세웠다. 이안의 눈꺼풀이 파르르 떨리더니 이내 눈을 떴다. 그리고 말했다.

은석, 오랜만이야.

목소리에서 온기가 느껴졌다. 나는 그렇게 말하는 이를 알았던 적이 없다. 이안은 나를 보고 웃었다. 안드로이드치고 어색하지 않게. 나는 무심코 그 얼굴을 보다가 이제 더 이상 그 얼굴을 볼 때마다 엄마를 떠올리지는 않는다는 걸 깨달았다. 이안은 그냥 이안이었다. 나는 이안에게 말했다. 이안이 나를 찾아왔을 때부터 줄곧 묻고 싶었던 것을.

할아버지는 어떻게 죽었어?

이안은 고개를 옆으로 기울였다. 경찰이 왔었어. 그 사람들은 아버지가 자살했다고 했어. 아버지는…… 이 앞의 바다에서 발견됐어. 글쎄, 나는 죽는다는 게 뭔지 모르겠지만. 은석, 그건 슬픈 일이야?

나는 아무 말도 할 수 없었다. 이안이 말했다.

슬픈 일이구나.

내가 언제 그랬어.

은석은 항상 울 것 같으면 입술을 깨물고 콧잔등을 찡그리고 있으니까. 이렇게.

이안이 우스꽝스럽게 얼굴을 찌푸렸다. 입술에서 피맛이 났다. 웃기지 마. 노인네가 죽어서 슬펐던 적은 단 한 번도 없었어. 죽은 건 죽은 거고. 그게 자연사든, 자살이든 그건 중요한 게 아니야. 사실상 죽음이란, 어떤 사람이 영원히 떠나서 다시는 볼 수 없게 되는 것에 불과하다. 그러니까 노인네도 이제 다시 볼 수 없게 됐다는 것뿐. 죽지 않았을 때도 죽은 것이나 다름없었다. 나는 그게 뭐 대수냐고 이안에게 말했다. 입술을 물어뜯던 것을 그만두었다. 그러자 눈이 따끔거렸다.

은석은 이상해.

뭐가.

한 번도 얼굴하고 같은 감정을 말한 적이 없어.

쓸데없는 소리, 지껄이지 말랬지. 이안이 내게 손을 뻗었다. 어깨에 닿는 손이 따뜻했다. 나는 흠칫 놀라 뒤로 물러섰다. 이안이 물었다.

아버지를 사랑했어?

사랑이라니, 웃었다. 깡통 주제에 사랑을 말한다는 게 우스웠다. 슬픔도 사랑도 아무것도 모르는 주제에. 이안이 이어서 말했다. 아버지는 나한테 매일 사랑한다고 말해달라고 했어. 나는 그게 뭔지 모르는데.

사랑 같은 건 없어. 나는 그따위 것이 없어도 잘 지내게끔 나를 훈련해왔다. 내가 그렇게 말하자 이안이 내 얼굴을 똑바로 쳐다보고 물었다. 근데 왜 그런 얼굴이야? 아무 말도 할 수 없었다. 입안에서 피맛이 났다. 그때 거실에서 전화가 울렸다. 나는 이안을 두고 도망치듯 거실로 나왔다. 수화기를 들자 할아버지를 찾는 낯선 여자의 목소리가 들렸다.

내가 맞다고 대답하자 여자는 내 대답은 상관없었다는 듯 말을 이었다. 끔찍하게 사무적인 목소리였다. 꼭 안드로이드가 말하는 것 같았다. 정부 안드로이드 관리부서의 직원이라는 사람은 '이안 IAN0001'을 빠른 시일 내에 폐기하지 않으면 강제적으로 회수할 수밖에 없다고 말했다.

내 물건을 강제로 가져가겠다는 건가요?

강제라고 해도 어쩔 수 없습니다. 당국에서 사람을 죽게 만드는 안드로이드를 방치할 수는 없는 노릇이니까요.

용건만 전달하고 뚝 끊어져버린 수화기를 들고 있는데 이안이 언제 따라 나왔는지 뒤에서 물었다. 은석, 무슨 일이야? 나는 아무 일도 아니라고 얼버무리고 소파에 누웠다. 이안이 쪼르르 뒤따라와 말을 걸었다. 밥은 먹고 자야지.

그 말에 나는 일어나 부엌 냉장고에서 파인애플 통조림 하나를 가져왔다. 할아버지가 즐겨 먹던 것이었다. 예상대로 냉장고에는 생수병과 통조림만 즐비했다. 나는 다시 소파에 앉아 통조림을 따고 아주 천천히 파인애플을 먹었다. 내가 그러는 동안 이안은 말 걸기를 포기하고 소파에 등을 대고 앉았다. 나는 이안의 조그마한 뒤통수를 바라보았다. 머리카락이 닿을 듯 말 듯 움직이며 내 손가락을 간질였다. 문득 그 뒤통수를 만져보고 싶어졌다. 손을 뻗으려다가 손가락에 묻어 있는 끈적끈적한 국물 때문에 관두었다. 파인애플은 입이 아릴 정도로 달았고, 이안을 위해 내가 할 수 있는 일이라곤 고작 그들이 이안을 데려가기 전에 내 손으로 폐기하는 것뿐이었다. 이안이 고개를 돌려 나를 보고 물었다.

은석, 자장가 불러줄까?

내가 가만히 있자 이안이 노래를 부르기 시작했다. 이안은 라디오와 다를 바가 없었다. 이안은 라디오다. 라디오일 뿐이야. 입술을 깨물었다. 그건 어쩐지 조금 서글픈 일이었다.

집 안을 쑥대밭으로 만들고 난 뒤에야 나는 노인네가 말한 유산 따위는 없었다는 걸 깨달았다. 속는 셈치고 여기까지 온 거였지만 역시나였다. 나를 이 집으로 끌어들이려는 수작에 불과했다. 이안은 다락방에서 내려오던 나에게 물었다. 뭐 좀 찾아? 나는 고개를 저었다. 노인네가 수집하던 골동품과 로봇 부품, 그리고 굴러다니면서 뭉친 먼지들 외엔 아무것도 없었다. 나는 한숨을 쉬곤 소파에 드러누웠다. 앞으로 뭘 해먹고 살아야 할지 막막했다. 노인네의 로봇 부품이라도 갖다 팔아야 되나 싶었다.

이안이 곁에 다가와 앉았다. 내가 물었다. 노인네가 다른 말은 안 했어? 생명 어쩌고 헛소리 말고. 이안은 고개를 저었다. 그것뿐이었어. 몸에서 힘이 쭉 빠져나가는 기분이었다. 밤새 집을 들쑤시고 다녔더니 벌써 창문으로 동이 터오는 것이 보였다. 무언가 먹어야 한다는 생각은 들었지만 그러고 싶지 않았다. 나는 이안에게 말했다.

할아버지는 왜 자살을 했을까.

이안을 산 다른 노인들은 대체 왜 자살을 했을까. 멍하니 해가 떠오르는 것을 보고 있는데 이안이 내 머리를 쓰다듬었다. 나는 가만히 머리를 맡긴 채로 내버려두었다. 이안이 말했다.

아마도, 슬펐기 때문 아닐까.

뭐가.

글쎄, 그건 나도 모르겠어. 아버지는 밤마다 혼자 콧물을 훌쩍였어. 그래서 내가 매일 안아줬는데도, 그런데도 훌쩍임이 멈추질 않았어.

이상하네.

노인네는 슬프다거나 기쁘다거나 하는 감정을 얼굴에 드

러내는 법이 없었다. 적어도 내가 기억하기로는. 늘 고집불통인 얼굴에, 이유 없이 기분이 나빠지는 날엔 주변 사람들에게 신경질을 냈다. 나는 노인네의 연구실 근처엔 얼씬도 하지 않았다. 괜히 얼쩡거리다가 한 번 잘못 걸리는 날에는 하루 종일 시끄러운 잔소리를 들어야 했다. 이안은 내 말을 어떻게 이해한 건지, 딴소리를 했다.

그치? 꼭 안아주면 괜찮아질 거라고 했으면서, 아버지는 한 번도 괜찮아진 적이 없었어.

머리카락을 만지던 손이 허공에서 멈췄다. 나는 이안을 쳐다보았다. 이안이 물었다.

내 잘못이야?

아무런 말도 할 수 없었다. 침묵이 길게 이어지는 사이에 비가 내리기 시작했다. 가뭄이 끝나고 나서는 꽤 자주 비가 내렸다. 천장 어딘가에 구멍이 났는지 빗방울이 마룻바닥으로 똑똑 떨어졌다. 한두 군데가 아니었다. 나는 이안을 불렀다.

지붕에 물 샌다. 좀 막아야겠는데.

나는 이안에게 레인코트를 던져주었다. 얼른, 나갔다 와. 이안은 마지못해 레인코트를 주워 입었다. 나는 우산을 들고 이안과 함께 집을 나섰다. 이안이 뒷마당에서 찾아낸 사다리를 타고 지붕에 올라갔다. 나는 아래에서 이안이 나무판자로 구멍 막는 것을 보고 서 있었다. 이안은 한참 끙끙대면서 새는 곳을 찾더니 판자를 댔다. 이제 다 됐다고 사다리에 발을 디디는 순간, 이안이 발을 헛디뎌 미끄러졌다. 나도 모르게 몸이 움직인 건 한순간이었다.

눈을 떴더니 보이는 건 이안의 얼굴이었다. 몸을 일으키려고 하는데 팔이 욱신거렸다. 이안이 말했다.

움직이지 마, 은석. 넘어지면서 팔을 다쳤어. 부러진 건 아닌 거 같은데.

그 말에 도로 누웠다. 주먹을 쥐었다 폈다 하는데 이안이 물었다. 고요한 얼굴이었다. 늘 이런저런 표정으로 풍부한 얼굴이었는데.

은석, 왜 그랬어?

뭐가.

왜 날 받쳐줬어?

아무 말도 할 수 없었다. 나도 왜 그랬는지 몰랐으니까. 이안이 이어서 말했다.

그래서는 안 돼.

왜?

은석이 나 때문에 다쳐서는 안 돼.

그쯤은 나도 알고 있어. 이안이 심심할 때 틀어놓는 라디오에 불과하다는 것쯤은. 입술을 깨물었다. 하지만 다시 똑같은 상황이 와도 나는 그렇게 할 거였다. 이유 같은 건 필요 없었다. 그냥 그렇게 하고 싶었으니까. 내가 그렇게 말하자 이안이 말했다.

은석 말대로 나는 그냥 기계일 뿐이니까. 착각하면 안 돼.

이안이 손을 내밀었다. 인간이 만든 것 중에 가장 아름다운 기계가 나를 보고 웃었다. 그 손을 잡았다. 따뜻했다. 그제야 사람들이 왜 자살했는지 알 것 같았다. 아무리 소중하게 생각해도 보답 받지 못하는 마음, 이걸 견딜 수 없었던 거다. 인간은 기계에게 사랑을 갈구할 정도로 외로워지고 나서야 자신이 무엇을 만들어냈는지 깨달았다. 이안의 손을 잡아당겨 품에 안았다. 내 얼굴이 안 보이게. 이안의 어깨로 자꾸만 눈물이 떨어졌다. 이안이 말했다.

은석, 있잖아. 내가 아버지한테 받은 명령어는 하나밖에 없어. 은석을 소중히 여길 것. 이건 다른 모든 이안에는 없는, 나만 받은 명령이야. 그래서 아버지는 내가 특별하다고 했어.

뭐래는 거야, 깡통이. 나는 내가 이안을 어떻게 할 수 없다는 것을 깨달았다. 떠나야 한다고 생각했다. 그들이 이안을 데리러 오기 전에. 내일 아침 일찍 떠나자고 하자 이안이 중얼거렸다. 은석이 나 때문에 다쳐선 안 돼. 나는 못 들은 척 이안에게 엄마의 노래를 자장가로 불러달라고 했다. 그러자 이안이 조곤조곤 노래를 부르기 시작했다.

눈을 감았다 떴을 때 품 안에는 약간의 온기 말고는 아무

것도 남아 있지 않았다. 나는 제일 먼저 다락방을 살피고 그 다음에 부엌, 거실을 살폈다. 베란다까지 둘러보고 나서야 나는 이안이 사라졌다는 사실을 깨달았다. 현관문을 열고 밖으로 나오자 빗방울이 얼굴을 적셨다. 이안의 레인코트가 흙바닥에 떨어져 있었다. 나는 이안을 포터 옆에서 발견했다. 이안은 바닥에 무릎을 꿇고 얌전하게 앉아 있었다. 빗방울이 이안의 살갗을 두드리고 있었다. 이안의 숱 많은 속눈썹에도 비가 떨어졌다. 그러자 이안은 꼭 울고 있는 것처럼 보였다.

이안을 이해할 수가 없었다. 더 이상 움직이지 않는 이안을 안아 들었다. 삐, 하고 이안의 프로세서가 중지되는 소리가 들렸다. 나는 더 이상 아무 말도 하지 않는 이안을 쳐다보다가 이안의 가슴 부근을 쳤다. 아이 러브 유! 이 목소리는 이안의 생명과 상관없이 유지되는 모양이었다. 몇 번 더 두드리자 계속해서 이안이 사랑한다고 소리쳤다. 할아버지가, 나를 사랑한다고 말하고 있었다. 심장 부근에서 조각 하나가 떨어져 나왔다. 진흙탕 위에 떨어진 그것을 주워 들었다. 조그마한 칩이었다. 한 번에 알아볼 수 있었다. 그렇게나 찾아 헤매던 할아버지의 유산이었다. 이 작은 칩 안에 그동안 이안으로 벌어들인 재산이 전부 들어 있을 터였다. 이상하게도 전혀 기쁘지가 않았다.

나는 포터를 뒤로한 채 돌아섰다. 집으로 돌아와 이안의 몸을 소파 위에 내려놓고 나서 파인애플 통조림을 먹었다. 아주 오랫동안. 주머니에 넣어두었던 칩을 손에 쥐고 한참 동안 이안의 얼굴을 보았다. 잠이 든 이안은 마치 텅 비어 있는 것 같았다. 떠나야 한다고 생각했다. 나는 칩을 다시 이안의 심장에 끼워 넣었다. 이렇게 하면 이안의 심장에서 칩을 꺼내기 전까진 사용할 수 없다는 것쯤은 알고 있었다. 칩이 들어가면서 이안의 몸이 미약하게 들썩였다. 이안을 일으켜 세웠다. 물기 어린 눈꺼풀이 파르르 떨리더니 이내 눈을 떴다. 그리고 말했다.

안녕하세요? 만나서 반갑습니다. 제 이름은 이안입니다.

모든 메모리가 날아간 이안이 나를 보고 웃었다. 나를 소중히 여긴다던 기계는 이제 없었다.

당신의 이름은 무엇인가요?

이름을 묻는 목소리가 빌어먹게도 다정했다. 그러나 그 다정함은 누구를 향한 것도 아니었다. 두 손에 얼굴을 파묻자 빗소리가 귓가를 두드리기 시작했다.

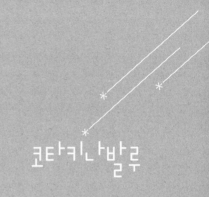

코타키나발루

코타키나발루는 '라이브 카페'라는 간판을 달고 있었지만 라이브 음악이라곤 형편없는 색소폰 소리밖엔 없는 가게였다. 원래 미장원이었던 가게는 라이브 카페로 다시 태어나기 위해 세 가지가 바뀌었다. 첫 번째는 방음을 위해 벽마다 종이 계란판을 붙였다는 점이었고, 두 번째는 그 엉성한 방음벽 위에 코타키나발루의 바다 사진이 액자로 걸렸다는 점이었고, 세 번째는 어디선가 중고로 구해온 것이 분명한 업라이트 피아노 한 대가 가게 한가운데에 놓였다는 점이었다. 물론 안 바뀐 것도 하나 있다. 사장이었던 미장원 아줌마는 그대로였다.

피아노가 쓰이는 일은 한 번도 없었다. 코타키나발루 아줌마는 피아노를 칠 줄 몰랐다. 코타 아줌마는 색소폰을 불곤 했는데 방음이 제대로 되지 않아 가게 앞을 지나갈 적마다 엉망진창인 색소폰 연주 소리가 들렸다. 피아노 소리는 한 번도 들어본 적이 없었다. 그건 거의 매일 내가 그 가게 앞을 서성거렸으니까 분명하다. 엉망인 연주를 참고 들을 정도로 재즈 마니아여서는 아니었다. 그저 집을 피할 공간이 필요했다.

엄마는 자주 아팠다. 나한테 맨날 그렇게 말했다. 여원아, 엄마는 많이 아파. 아파. 아파. 엄마는 아프다는 말밖엔 할 줄 모르는 사람 같았다. 이런 말하면 천하의 후레자식처럼 들리겠지만 어쨌거나 나에게는 아픈 엄마가 있는 집보다는 코타키나발루가 훨씬 더 근사한 놀이터였다.

코타 아줌마는 한 번도 돈을 내란 소릴 하지 않았다. 가게 앞에서 들을 거면 그냥 안에 들어와서 들으라고 했지. 어차피 가게에는 손님도 별로 없긴 했다. 촌스러운 붉은색의 소파는 앉아도 딱히 푹신하지가 않았다.

"피아노는 치는 사람도 없는데 뭐하러 들여놨어요?"

"재즈 카페에 피아노가 없어서야 쓰겠냐."

나는 재즈가 뭔지 몰랐지만 아줌마가 매일 가게에 틀어놓는 가사 없는 음악이 재즈라는 건 알았다.

"한 번 쳐봐도 돼요?"

손가락으로 피아노를 가리키자 코타 아줌마는 어깨를 한 번 으쓱했다. 허락의 의미였다. 나는 피아노 앞으로 달려가 덮개를 조심스럽게 열었다. 안에 가지런히 놓인 붉은색 천이 보였다. 그걸 걷어내자 하얗고 검은 건반들이 눈앞에 드러났다. 매일 청소하는지 먼지 한 톨 앉지 않은 상태였다. 그럼에도 불구하고 시간의 흔적을 막을 순 없어서 군데군데 노랗게 물이 들어 있었다.

검지손가락으로 조심조심 건반들 중 하나를 눌렀다. 딩, 하고 울리는 소리가 맑고 깨끗했다. 나는 색소폰 소리보다는 피아노 소리가 더 마음에 들었다. 딩, 딩, 딩. 같은 건반을 계속해서 누르자 같은 소리가 났다. 코타 아줌마는 어깨너머로 내가 치고 있던 건반을 보고 말했다.

"그게 도야."

"도요?"

그래, 일종의 시작음 같은 거지. 음계의 시작. 신기한 이름이었다. 도, 도, 도. 나는 입술을 동그랗게 말아 도, 하고 발음해봤다.

"아줌마 피아노 칠 줄 모른담서요."

"그 정도는 몰라도 다 알어."

"그런 게 어딨어요?"

"초등학교만 다녀도 아는걸." 아줌마는 그렇게 말했다. 내가 학교에 가서 하는 일이라곤 책상에 엎드려서 자는 것뿐이란 걸 알면서도 아줌마는 그렇게 말하곤 했다. 가끔 담임이 음악 시간에 연주하는 악기가 오르간이라는 건 알고 있었지만 난 한 번도 오르간 근처에 가본 적이 없었다. 궁금하지도 않았다.

코타 아줌마가 술을 너무 많이 마셔서 일찍 가게 문을 열지 않는 날이면, 나는 계단참에 앉아 계단 구석에 거미가 거미줄을 치는 것을 구경했다. 지나가는 개미를 잡아 거미줄 위에 던지면 거미가 쏜살같이 달려와 개미를 꽁꽁 묶었다. 그리고 천천히 개미를 집어삼켰다. 그걸 보고 있으면 시간 가는 줄 몰랐다. 코타 아줌마는 그게 나쁜 짓이라고 했지만 그만두라는 말은 하지 않았다. 아줌마는 내가 오면 말없이 주방에서 코코아 한 잔을 타 왔다. 나는 그걸 먹기 위해 코타키나발루에 온다.

엄마가 아플 때마다 나는 몸을 잔뜩 웅크리고 팔로 얼굴을 감싼 다음 코코아 한 잔을 생각한다. 따뜻하고, 달고, 포근한 맛. 코코아 생각을 하고 있으면 엄마가 곧 옷장 문을 열고 나를 꺼내주었다. 엄마가 아픈 건 엄마 잘못이 아니다. 그러니 이것도 어쩔 수 없는 노릇이다. 나는 웅크린 채 꼼짝하지 않았다. 당장 코타키나발루로 가고 싶었지만 팔다리가 말을 듣지 않았다. 그대로 기절하듯 까무룩 잠들어버렸다. 눈을 떴을 때는 한나절이 지나 저녁이었다.

집에 엄마가 없다는 걸 확인하고 코타키나발루로 달려갔다. 밤이었다. 코타키나발루 앞의 가로등은 미장원이었을 때부터 이미 꺼져 있었다. 그래서 시골에 가까운 길거리 주변은 아무것도 보이지 않을 만큼 캄캄했다. 코타키나발루에도 불이 들어와 있지 않았다. 모아두었던 숨이 바닥나 나는 무릎을 짚고 숨을 헐떡였다. 그제야 팔다리가 다시 욱신거리기 시작했다. 골목에 쪼그려 앉아 숨을 헐떡이고 있으려니 세상에 나 혼자 뚝 떨어진 것 같았다.

구름이 걷히자 별이 환했다. 오늘은 보름달이 떴다. 물끄러미 달을 올려다보다 주저앉았다. 무릎을 세워 그 사이에 고개를 묻었다. 달빛이 차갑다. 코코아는 따뜻한데 달빛은 차갑다. 그런 생각을 하고 있는데 그때 코타키나발루에서 소리가 흘러나왔다. 아줌마가 안에 있을지도 모른다는 생각이 들었다. 나는 조심스럽게 코타키나발루의 문을 열고 들어갔다. 혹시 아줌마가 연주를 하고 있다면 방해하고 싶지 않았다.

문 앞에서는 앉아 있는 등만 보였다. 그렇지만 알 수 있었다. 처음 보는 사람이었다. 우리 동네에는 머리가 노란 사람이 없다. 나는 그때 머리가 노란 사람을 처음 보았다. 우리 집 앞 슈퍼 담벼락에 피어 있는 개나리와 꼭 같은 샛노란 색이었다.

그것을 보았기 때문에 피아노라는 것을 알았다. 보지 못했다면 전에 내가 쳤던 피아노와 같은 피아노 소리라는 것을 몰랐을 거다. 나는 움직일 수 없었다. 손가락 하나 꼼짝할 수 없었다. 음이 배처럼 출렁거리며 왔다 갔다 하는 것 같았다. 지금보다 좀 더 어릴 때, 엄마랑 둘이 배를 탄 적이 있었다. 할머니가 있는 섬에 가기 위해서였다. 고작 삼십 분 정도 배를 탔을 뿐인데 나는 배에서 내리자마자 속에 든 것을 전부 게워내야 했다. 그때와 꼭 같은 현기증이 일었다. 멜로디가 찰랑거리며 허공에 튕겨졌다. 연주하고 있는 사람은 저렇게 태연한데.

머지않아 그 사람도 내 시선을 눈치챘다. 그 사람의 손끝에서 흘러나오던 멜로디가 멎었다.

나는 피아노 앞으로 달려가 섰다. 그 사람은 뭔가를 생각하고 있는 건지 살짝 고개를 숙인 채 움직이지 않았다. 가까이에서 보니 어디로 보나 분명한 한국인이라 좀 실망했다. 생전 처음 외국인을 보게 되는 건가 싶었는데. 건반 위에 올려진 손가락은 하얗고 길쭉했다. 잘은 모르지만 피아노를 치기 위해 만들어진 손가락이 있다면 이런 손가락이지 않을까 싶었다.

"누구세요?"

코타 아줌마는요? 내가 질문을 쏟아내도 그 사람은 눈을 동그랗게 뜨고 내 얼굴을 쳐다보기만 했다. 구석 창고에서 대걸레를 들고 나타난 코타 아줌마가 내 질문을 막았다.

"그렇게 말 걸면 놀래. 우리 조카."

아. 서울서 공부한다던 조카. 코타 아줌마는 대부분의 시간을 색소폰을 불고 싸구려 위스키를 마시는 데 썼지만 가끔 조카 이야기를 했다. 서울에 있는 대학에 피아노를 공부하러 갔다고 했다. 코타키나발루에 있는 낡아빠진 피아노가 바로 그 조카가 어릴 때 연주하던 피아노라고. 코타 아줌마에게 그 사실은 유일한 자랑거리이자 자부심이었다. 아줌마는 자랑스럽단 말은 한 번도 입에 담지 않았지만 알 수 있었다. 조카 이야기만 하면 말이 많아지고, 눈이 반짝반짝 빛났다. 코타 아줌마의 자랑, 서울 형은 나를 쳐다보려고도 하지 않았다. 게다가 귀찮다는 듯 손을 휘저어 나를 내쫓으려 했다. 아줌마가 그러지 말라고 하자 아줌마와 손짓 발짓으로 대화를 주고받았다. 이건 뭘까. 동네 슈퍼에서 물건을 훔칠 때 봉구 형과 내가 주고받던 사인과 비슷했다. 봉구 형과 내가 손짓 발짓으로 대화를 나눴던 건 슈퍼 아줌마한테 들킬까 봐 말을 할 수 없었기 때문이었다. 거기까지 생각이 미쳤을 때 나는 물었다.

"말 못해요?"

그러자 대걸레로 닦았던 데를 또 닦고 있던 코타 아줌마가 인상을 찌푸렸다.

"아니야."

그냥 지금은 말하기 싫은 거야. 아줌마가 고개를 저어서 나는 입을 다물었다. 서울서 왔다는 형은 아무런 대꾸도 하지 않고 가만히 나를 바라보았다.

"난 글을 못 읽어요."

평소 같았으면 절대로 하지 않았을 말이 술술 나왔다. 초등학교를 6년이나 다녔으면서도 글을 읽을 줄 몰랐다. 학교에 가는 날보다 가지 않는 날이 많았다. 엄마가 아프면 학교에 갈 수 없었으니까. 딱히 글을 읽어야 할 필요성을 느끼지 못했고, 학교에서는 맨날 알아들을 수 없는 소리만 하니 잠만 잤다. 교과서를 읽어보라고 시켜놓고 내가 한 마디도 하지 못하고 입만 벙긋거릴 때면 담임은 온화한 목소리로 말했다. 이거 봐라. 우리 여원이가 이번에도 받아쓰기 최저 점수 기록을 세웠다. 빵점이 뭐냐, 빵점이? 그런 말을 하면서 받아쓰기 노트로 내 머리를 툭툭 건들면 반 애들이 웃음을 터뜨렸다. 모두가 웃고 즐거워하는 와중에 나 혼자만 바보가 됐다.

건반 위에 올라간 손가락을 물끄러미 보고 있었다. 서울형이 도를 눌렀다. 나는 그걸 알아볼 수 있었다. 서울 형은 아주 천천히 도 옆에 있는 건반들을 차례로 눌렀다. 그리고 내 얼굴을 쳐다보았다. 나는 서울 형이 눌렀던 건반들을 되짚었다. 음이 조금씩 올라간다는 게 느껴졌다. 내가 반복해서 그 건반만 누르자 색소폰을 만지작거리던 코타 아줌마가 중얼거렸다. "도레미파솔라시도네." 나는 뒤돌아서 아줌마에게 물었다. "다시 도예요?" "응, 다시 도부터 시작." 도레미파솔라시도, 도레미파솔라시도. 나는 입속으로 웅얼거렸다.

그날 밤 엄마는 내가 너무 늦게 들어와 안 그래도 아픈 머리가 더 아프다고 했다. 나는 몸을 잔뜩 웅크리고 팔로 얼굴을 감싼 다음 도레미파솔라시도, 도레미파솔라시도, 하고 되뇌었다. 귓가에 소리가 울렸다. 이상하게 코코아 생각은 나지 않았다.

◇

피아노를 치고 있는 서울 형의 옆얼굴은 창백해 보일 정도로 하얗다. 하지만 머리카락은 늘 푸석푸석했다. 뿌리 부근에는 까만 머리가 자라고 있었다. 서울 형의 옆얼굴을 쳐다보다가 건반을 눌렀다. 파, 솔을 동시에, 세 번. 미, 솔 세 번. 그다음은 레, 시. 내가 음을 시작하자마자 서울 형은 박자에 맞춰서 음을 쳐줬다. 그제 배운 〈젓가락 행진곡〉이었다.

연주가 끝난 뒤에 서울 형은 의기양양한 얼굴로 내 얼굴을 쳐다보았다. 서울 형의 얼굴을 들여다보다가, 나는 웃었다. 서울 형은 피아노에 있어서만큼은 무서운 선생님이었다. 내가 대충 건반을 내리칠 때마다 고개를 저으며 손가락을 다시 짚어줬다. 그 부분은 그렇게 내려치면 절대 안 돼. 내가 조금이라도 허투루 치는 부분이 있으면 서울 형은 반드시 손가락을 고쳐줬다. 무슨 〈젓가락 행진곡〉으로 세계 정복이라도 하려는 듯했다.

"이제 형이 그날 친 거 알려줘요."

나는 서울 형이 처음 쳤던 피아노곡이 치고 싶었다. 내가 그렇게 말하자 형은 머리를 한 번 쓸어 넘겼다. 고작 며칠 만에 나는 서울 형이 곤란할 때 그렇게 머리를 쓸어 넘긴다는 걸 알게 되었다. 서울 형은 피아노 의자에서 일어나 창고에 들어갔다. 코타 아줌마는 창고 옆 붉은색 소파에 앉아 멍하니 텔레비전을 쳐다보고 있었다. 일일연속극이 나오고 있었지만 나는 아줌마가 넋을 빼고 앉아 사실은 아무것도 보고 있지 않다는 걸 안다. 하얀색 알약을 먹고 난 후의 아줌마는 늘 저랬다. 내가 말을 걸어도 허공 어딘가를 응시하고만 있어서 처음에는 아줌마가 선 채로 졸고 있는 건 아닐까 생각했다. 그 하얀 알약이 뭐냐고 물었을 때 서울 형은 인상을 조금 찌푸린 채로 서 있다가, 내 머리를 쓰다듬었다. 사실 그게 뭐건 아무래도 상관없었다. 어차피 서울 형도 아줌마도 대답해주지 않을 테니까.

서울 형은 한참 부스럭거리더니 커다란 판을 하나 가지고 나왔다. 나는 인상을 찌푸렸다.

"그거 싫다고 했잖아요."

내 말에 서울 형은 엄지손가락과 새끼손가락만 편 상태로 모양을 만들어 손을 흔들었다. 약속할 때의 그 손 모양이었다. 그런 건 까먹지도 않는 모양이었다. 피아노를 가르쳐달라고 했더니 서울 형은 이상한 내기를 걸었다. 한 곡 가르쳐줄 때마다 단어 다섯 개씩 외우기. 내기인지 약속인지 알 수 없었지만 그랬다. 유치원생 애들이나 보는 한글판을 들여다보면서 끙끙거릴 때마다 짜증이 나는 건 어쩔 수가 없었다. 그래도 이제 자음 모음 정도는 다 외워서 대충 읽을 줄은 알았다.

오늘의 단어는 기역, 고래. 비읍, 밥. 둘을 합치면 내가 제일 좋아하는 과자인 고래밥이 된다. 지읒, 젓가락. 히읗, 행진. 합치면 젓가락 행진곡이 된다. 피읖, 피아노. 나는 엄마라는 단어보다 피아노를 더 먼저 쓸 수 있게 되었다.

내가 단어 다섯 개를 공책에 열 번 쓰는 동안 서울 형은 혼자 건반을 두드리기 시작했다. 나는 귀를 쫑긋 세운 채 단어를 마저 적고 얼른 서울 형 옆자리에 가 앉았다. 그리고 서울 형의 손가락이 건반 위에 미끄러지는 걸 눈에 담았다. 서울 형은 한 번 더 쳐보곤 내 얼굴을 다시 쳐다봤다.

"그거 아니잖아요."

형이 처음 쳤던 곡. 그거 아닌데. 내가 버팅기자 서울 형은 피아노 의자에서 일어나려고 했다. 나는 하는 수 없이 "아

알았어요, 알았어. 친다고요." 소리를 지르곤 더듬더듬 건반을 손가락으로 눌렀다. 그래봤자 서울 형이 냈던 소리와 똑같은 소리는 낼 수 없었다. 서울 형이 내 손가락을 잡아당겨 다시 건반을 눌렀다. 손가락을 구부려 부드럽게 건반을 누르자 서울 형은 그제야 고개를 끄덕였다. 그리고 처음부터 다시 연주했다. 처음부터 끝까지 연주하고 서울 형은 내 손바닥 위에 손가락을 올려놓고 천천히 글자를 썼다.

ㄱ, ㅗ, ㅇ, ㅑ, ㅇ, ㅇ, ㅣ.

"이게 고양이야."

도망가고 쫓아가고, 통통 튀는 느낌. 고양이처럼. 이 가게에는 코타 아줌마가 키우는 것은 아니고, 가끔 먹이 주는 고양이가 있다. 걔는 일주일에 두어 번 코타키나발루에 온다. 코타 아줌마는 들떠서 고양이 장난감을 이것저것 잔뜩 사 모았지만 고양이가 관심을 보이는 건 깃털이 달린 낚싯대뿐이었다. 내가 낚싯대를 들고 살살 흔들면 고양이는 앞발로 잽싸게 깃털을 낚아챈다. 꼭 그런 느낌이었다. 내가 그렇게 말하자 서울 형이 웃었다. 그리고 내 머리 쪽으로 손을 뻗었다. 나는 목을 움츠리고 눈을 질끈 감았다. 그런데 내 머리에 얹어진 손이 부드럽게 머리카락을 쓸었다. 잘했어. 어쩐지 그렇게 말하고 있는 것 같았다. 괜히 속이 부글거렸다. 어울리지 않는 옷을 입은 것처럼 불편했다. 그런 말은 나와는 거리가 멀었다.

동네 사람들은 나를 번지르르한 망나니 같은 놈, 좀도둑 새끼라고 불렀다. 나는 피아노 의자 앞에서 물러나 뒷걸음질 쳤다. 그리고 코타키나발루에서 도망쳐 나와서 정신없이 뛰었다.

그날 밤 엄마는 나를 옷장에 가뒀다. 집 앞 슈퍼에서 아폴로 두 개를 주머니에 몰래 넣어 나온 게 들통났다. 엄마를 슬프게 하려는 건 아니었다. 그저 그 순간 아폴로를 먹지 않으면 죽을 것 같았다. 나는 아폴로를 먹어본 적이 없는데도. 옷장 속에서 빨갛고 파란 색소의 길쭉한 막대과자를 천천히 빨아먹었다. 생각보다 맛은 없었다.

◇

엄마는 발자국 소리를 내지 않고 걷는다. 어릴 때 발레를 해서 그렇다고 했다. 나는 발레를 한 번도 본 적이 없지만 그건 어쩌면 발자국 소리를 내지 않고 걷는 것일지도 모른다고 생각했다. 옷장 안에 웅크리고 있으면 사락사락, 다리 사이로 주름치마가 스치는 소리밖에 안 들렸다. 엄마는 늘 긴 치마만 입었다. 긴 치마, 후까시를 넣어 올려 묶은 머리, 가느다란 손가락. 그 손가락 사이에 기다란, 담배를 쥐고 있다가 그것을 천천히 재떨이에 납작하게 짓누르는 일련의 동작 하나하나가 춤을 추는 것처럼 우아했다. 어쩌다 악몽을 꾸고 깨어난 내가 엄마

품에 와락 안기면 엄마는 흠칫 놀라며 뒤로 물러서곤 했다.

옷장 속에서 난 떨리는 목소리로 엄마에게 물었다. 내가 아주아주 나쁜 짓을 해도 날 버리지 않을 거예요? 뭔가가 벽에 맞아 깨지는 소리가 났다. 그리고 정적. 어둠에 눈이 익자 짓눌린 베개와 이불이 보였다. 나는 가만히 대답을 기다렸고, 사락사락 소리를 내며 옷장 앞으로 온 엄마가 속삭였다.

그럼, 당연하지. 엄마가 널 왜 버려. 얼마나 사랑하는데.

옷장 속에서 나는 계속해서 고양이의 춤을 췄다. 귓가에 울리는 피아노 소리가 꼭 진짜 같았다. 피아노가 치고 싶어 못 견딜 정도가 되었을 때쯤 엄마는 옷장 문을 열어주었다. 나는 엄마가 화장실에 들어가는 소리를 듣자마자 대문을 열고 뛰쳐나왔다. 집 앞에 나오자마자 슈퍼가 보였다. 어제 내가 훔친 것은 아폴로만은 아니었다. 나는 주머니에서 달그락거리는 종이갑을 꺼냈다.

종이갑을 움켜쥐고 슈퍼 문 앞에 붙어 있는 전단지 앞에 멈춰 섰다. 소요산 걷기 대회, 거기까지 읽었는데 슈퍼에서 준영이가 나왔다. 양손에 아폴로와 나나콘을 들고 있었다. 박준영은 훔치지 않고서 아폴로도, 나나콘도 먹을 수 있다. 이 동네에 딱 하나 있는 슈퍼 아줌마 아들이라서 그렇다. 내가 주먹을 꼭 움켜쥐고 슈퍼 앞에 서 있으니까 박준영이 뭐하냐고 물었다. 나는 도로 종이갑을 주머니에 쑤셔 넣었다.

"아무것도 아냐."

박준영은 나를 빤히 쳐다보다가 말했다. "담임이 너 한 번만 더 학교 안 나오면 체육한테 데려간대." 나는 그게 무슨 의미인지 안다. 그건 엉덩이에 불이 날 때까지 마대자루로 맞는다는 뜻이다. 담임은 비겁한 겁쟁이다. 나를 직접 때릴 용기도없고 그렇다고 내버려두긴 양심에 가책이 느껴지는지 미친개한테 데려가서 대신 나를 때려달라고 했다. 미친개는 누구든못 잡아먹어서 안달이었다. 담임이 말썽을 피운 애들을 줄줄이 꿰어 가면 신이 나서 매타작을 해댔다. 둘은 아주 궁합이좋았다. 그렇다고 그렇게 말하면 건방지다고 열 대 맞을 걸스무 대씩 맞곤 했다. 내가 뭘 어쨌다고? 그다음부터는 그냥입을 다물었다. 그게 세상 사는 이치에 맞으니까 그렇게 했다. 가만히 있으면 열 대, 떠들면 스무 대.

박준영이 골목 끝으로 사라지는 걸 보고 나는 다시 주머니에서 종이갑을 꺼냈다. 그리고 콩알탄을 한 움큼 꺼내 손바닥에 쥐었다. 아무도 지나가는 사람이 없는지 살폈다. 나는 고개를 쭉 빼고 슈퍼 안에 아줌마가 있는지 확인했다. 아줌마는조그만 텔레비전을 보면서 꾸벅꾸벅 졸고 있었다. 나는 훅, 숨을 들이켜고 콩알탄을 한꺼번에 슈퍼 앞에 뿌렸다. 팡, 팡, 팡, 하고 터지는 소리가 났다. 그 소리에 아줌마가 화들짝 놀라

벌떡 일어나는 걸 확인하고는 큰길 쪽으로 달렸다. 더 이상 아줌마가 쫓아오지 않을 때까지 달리고 나서야 모아두었던 숨이 바닥났다. 나는 무릎을 짚고 숨을 헐떡였다. 허파가 간지러웠다. 웃음이 자꾸 비어져 나왔다. 피맛이 나는 침을 삼키고 다시 걷기 시작했다.

고개를 들자 이어지는 간판들이 보였다. 거리에 있는 간판을 읽을 수 있게 된 다음부터 세상은 좀 더 시끄러워졌다. 서로 읽어달라고 졸라대는 단어를 잡아채 읽는 건 개미를 거미줄에 던져 넣는 놀이보다 더 재미있었다.

나무 미장원,

평화 반점,

쿠키하우스,

그리고 너랑나랑양분식식당.

너랑나랑양분식식당 아줌마는 양식 식당이라는 걸 그렇게 강조하고 싶어 했으나 동네 사람들은 모두 너나분식이라고 불렀다. 그 식당을 양분식이라고 부르는 건 코타 아줌마뿐이었다. 코타 아줌마는 양분식 아줌마랑 아주아주 친했다. 가게도 내팽개치고 여기 와서 반나절은 수다를 떨다 갈 정도로. 양분식 문은 방음이라곤 하나도 되지 않아서 안에서 이야기하는 소리가 다 흘러나왔다. "요즘도 개 가게에 와? 멀쩡하게 지 엄마 살아 있는데 언제까지 보모노릇 하고 살려고 그래,

언니는? 언니 앞가림이나 하지." 나는 양분식 가게 문 앞에 붙어 있는 전단지를 물끄러미 쳐다봤다. 슈퍼에서 봤던 전단지와 똑같은 전단지가 며칠 전부터 붙어 있었다. 전이었다면 읽지 못하고 지나쳤을 테지만, 이번엔 달랐다. 소요산 걷기 대회라고 쓰인 큼지막한 궁서체 글씨 밑에 일등 상품, 전자 피아노라고 쓰여 있었다. 한 번에 알아볼 수 있었다. 내가 제일 먼저 배운 단어가 피아노였으니까.

소요산은 여기서 버스를 타고 한 시간이나 가야 하는 곳이다. 한 번도 그런 먼 곳에 가본 적이 없었다. 내 피아노를 갖고 싶다는 생각도 해본 적이 없었다. 그건 내 것이 아니었으니까. 양분식에서 나오던 코타 아줌마가 나를 발견하고 멈춰섰다. 나는 코타 아줌마를 쳐다봤다가, 다시 전단지로 눈길을 돌렸다. 내가 전단지를 한참 쳐다보고 서 있자 코타 아줌마가 물었다.

"뭐 재밌는 일 있었어?"

나는 웃었다. 웃어야지 어쩌겠는가. 어른들은 나 같은 어린애가 순진한 얼굴로 웃고 있으면 설마 저런 얼굴로 나쁜 짓을 할 거라고는 생각을 못 한다. 저렇게 말하는 양분식 아줌마도 내가 기웃거리면 오뎅 하나라도 건네주는 걸 알고 있으니까 괜찮다.

"없는데요."

"아니긴."

"소요산에 가려면 어떻게 가요?"

"여기서는 고속버스를 타고 가야 해. 아, 지하철도 가긴 가겠다."

옆구리에 시장 가방을 끼고 있던 아줌마가 내 볼을 양손으로 쭉 잡아당겼다. 나는 아프단 말도 못한 채로 붙잡혀서 한참 끌려 다녔다. 시장을 한 번 돈 아줌마는 겨우 붕어빵 하나를 내 입에 물려주고는 코타키나발루로 가자고 했다. 아줌마는 코타키나발루, 라고 발음하는 걸 좋아했다. 별 의욕도 없이 가게를 꾸려나가는 코타 아줌마의 소원은 다시 코타키나발루에 가서 거기서 죽는 거였다. "사람은 죽은 곳에서 다시 태어난대." 아줌마는 그렇게 말했고, 한국 땅에서는 다시는 태어나고 싶지 않다고 진저리를 쳤다. 왜 그러냐고 내가 물어도 코타 아줌마는 어린애는 몰라도 된다고 웃기만 했다. 코타 아줌마 말대로 사람이 죽은 곳에서 다시 태어난다면 우리 아빠는 기찻길에서 태어나야 했다. 그건 너무 이상했다. 그래서 나는 코타 아줌마의 말이 사실이 아니길 바랐다.

양분식 뒷길로 나가면 기찻길이 있었다. 사람들은 기차가 지나갈 때면 한 걸음 뒤로 물러서서 얌전히 기다렸다. 나는 가끔 그게 신기했다. 사람 사는 곳 바로 옆에 기차가 지나간다는 게. 그리고 아무도 그걸 이상하게 생각하지 않는다는 게.

가끔 자다가 일어나면 기차 지나가는 소리가 들렸다. 엄마는 기차 소리가 들리면 잠들지 못하고 계속해서 뒤척였다.

"아줌마."

"응?"

"글자가 보이니까 세상이 시끄러워진 기분이에요."

구름이 걷히자 별이 환했다. 보름달이 기울고 있었다. 문을 닫은 대부분의 가게들 간판은 낡았고, 군데군데 칠이 떨어져 나가 있었다. 다들 무슨 할 말이 그렇게 많은지 글자들은 저 먼저 읽어달라고 아우성을 쳤다. 기차가 지나가는 소리보다도 더 성가셨다. 신호등에 빨간불이 들어오고 기차가 들어온다는 소리가 들렸다.

"아줌마."

"또 왜."

"사랑한다는 건 무슨 뜻이에요?"

내가 말을 하고 나서 기차가 우리 앞을 스쳐 지나갔다. 타당타당 하는 소음에 귓가가 멍했다. 내가 귓가를 만지작거리고 있자 어두운 눈으로 기차가 지나가는 걸 바라보던 코타 아줌마가 말했다.

"뭐 별거 있겠냐. 맛있는 거 같이 먹는 거. 좋은 거 있으면 주고 싶은 거. 그런 거지."

아줌마는 그렇게 말하고 먼저 철길을 건너갔다. 나는 그

등을 쳐다보고 서 있다가 따라 걸었다. 아줌마는 지금보다 젊었을 때 코타키나발루에 딱 한 번 가본 적이 있다고 했다. 세상에 그런 천국은 없다고도 했다. 천국.

엄마와 내가 사는 집 이웃집에는 손이 아주 큰 할머니가 살았다. 할머니는 종종 동네를 여기저기 돌아다니며 전도를 했다. 아무도 듣지 않는데도. 그중에서도 우리 집은 할머니의 단골손님이었다. 할머니가 "음식을 좀 했는데, 이번에도 너무 많이 했지 뭐니." 하며 문을 두드리면 나는 신발도 다 신지 않고 뛰어나가 대문을 열어주었다. 엄마는 자주 집에 없었고, 배는 늘 고팠다. 음식은 매번 바뀌었다. 동그랑땡인 적도 있었고, 녹두전이었던 적도 있었다. 종류와는 상관없이 늘 한 소쿠리 가득 음식이 들어 있었다. 할머니는 매번 아이고, 내가 너무 손이 커, 하며 한숨을 쉬었다. 나는 할머니가 손이 커서 좋았는데, 가끔 할머니가 그 큰 손으로 내 머리를 쓰다듬어 주기도 했다. 할머니 손은 참 이상하고 신기했다. 가끔은 할머니가 들려주는 천국에 관한 이야기를 듣기도 했다. 그때 천국이라는 말을 처음 들었다. 그래서 나는 문득 궁금해졌다. 그게 할머니만 믿는 이야기인지, 다른 사람들도 다 아는 이야기인지.

"아줌마, 천국이 뭔지 알아요?"

코타키나발루의 바다는 눈이 시리도록 푸르다. 코타 아줌마 때문에 난 천국이 있다면 파란 나라 같은 걸지도 모르겠다고 생각했다. 파란 나라를 보았니 꿈과 사랑이 가득한 파란 나라를 보았니 천사들이 사는 나라. 박준영이 얼마 전 학교에서 배웠다고 부르고 다니던 노랫말이다. 아줌마는 고개를 저었다.

"안 죽어봐서 모르겠는데."

할머니가 잠들었던 날엔 비가 내렸다. 엄청나게 퍼부어서 하늘이 다 뚫려버리는 줄 알았다. 그날은 할머니가 오지 않아서, 내내 방바닥에서 뒹굴다가 다 늦은 저녁이 돼서야 할머니 집에 찾아갔다. 조금 더 일찍 가볼걸. 게으름 피우지 말고 일어날걸. 엄마는 항상 내가 게을러터진 게 문제라고 했다. 게을러터져서 너는 천국 같은 데엔 못 가. 엄마는 게으르면 돼지가 된다고도 했다. 나는 벌써 돼지가 되어버렸는지도 모른다. 그렇지만. 할머니와 다시는 만날 수 없게 되더라도.

나는 할머니가 코타키나발루에 갔기를 바랐다. 라이브 카페 말고, 진짜 코타키나발루, 할머니의 천국에.

코타 아줌마가 타 온 코코아를 홀짝거리며 나는 코타키나발루 내부를 두리번거렸다. 평소와 뭔가가 달랐다. 의자가 여기저기 쓰러져 있었다. 원래도 깨끗하진 않았지만 어수선했다. 그리고 결정적으로. 피아노 뚜껑이 부서져 있었다.

나는 피아노 의자 앞으로 걸어가 앉았다. 비죽비죽 튀어나온 나뭇결이 거칠었다. 뾰족하고, 날카롭고, 가시를 세운 피아노가 슬퍼 보였다. 여느 때처럼 서울 형이 옆에 와 앉을 줄 알았는데 서울 형은 쓰러진 의자를 일으켜 세우느라 내 쪽은 쳐다보지도 않았다. 나는 웅크리고 앉은 서울 형의 등을 바라보았다. 작고 마른 등이었다. 그 등이 슬퍼 보였다. 서울 형이 왜 피아노한테 이런 짓을 했는지 알 수가 없었다.

"형."

피아노 쳐주세요. 내가 한 말을 들었을 것이 분명한데 서울 형은 웅크리고 앉은 자세에서 꼼짝도 하지 않았다. 코타 아줌마가 말했다.

"이제 피아노는 못 쳐."

"그런 게 어딨어요."

있는데 왜 못 쳐요? 나는 이해할 수 없었다. 막무가내로 피아노 뚜껑을 열려고 하자 서울 형이 다가와서 내 손을 잡았다.

"아직 안 가르쳐줬잖아요."

처음 본 날에 쳤던 곡. 아직 안 가르쳐줬잖아요. 내가 이를 악물고 그렇게 말하자 서울 형은 어쩔 수 없다는 듯 한숨을 쉬며 말했다. 한 번. 한 번만이야.

나는 귀를 기울였다. 한 음이라도 놓칠 새라. 서울 형이 부서진 피아노 뚜껑을 열고 심호흡을 했다. 건반은 아직 무사했다. 서울 형은 코타 아줌마가 매일 먼지를 닦은 건반에 살며시 손을 올렸다.

소리와 소리가 합쳐져 구르고 뭉치며 반짝반짝 물방울 모양을 만들어냈다. 언젠가 박준영이 가지고 놀던 비눗방울 같았다. 나는 준영의 손에 들린 비눗방울 막대기를 한참 동안 쳐다봤지만 한 번도 비눗방울을 불어본 적은 없었다. 그건 내것이 아니었으니까. 하지만 서울 형의 피아노는 달랐다. 이건 내 것이 아니지만 동시에 내 것이기도 했다. 그리고 내가 치는 피아노 역시 내 것인 동시에 내 것이 아니었다. 내가 아닌 누군가가 손가락을 멋대로 움직이는 것 같았다. 내 손에서 피어난 물방울. 즐거웠다. 그렇게 예쁜 걸 내 손으로 만들어낸 적은 처음이었다. 어쩌면 코타키나발루는 여기에 있는지도 모른다. 그런 생각이 들었다. 연주가 끝나고 나서도 한참 움직이지 못했다. 서울 형은 내가 치는 피아노 소리를 듣고 있다가 일어서서 코타 아줌마한테 갔다.

그리고 아줌마의 손을 잡고 울음을 터뜨렸다. 서울 형은 우는 것도 소리를 내지 않고 울었다. 아줌마는 어깨를 들썩이며 우는 서울 형을 아무 말 없이 안아주기만 했다. 서울 형이 잠들고 나서 한참이 지나서야 나는 아줌마한테 이 곡의 이름을 물어볼 수 있었다. 아줌마는 한참 내 얼굴을 들여다보다가 말했다.

"〈플라이 미 투 더 문〉."

"그게 무슨 뜻인데요?"

한글도 겨우 얼마 전에 배운 내가 영어를 알아들을 수 있을 리가 없었다. 코타 아줌마는 대답하지 않고 웃기만 했다.

"서울 형은 피아노를 미워해요?"

"아니, 그런 거 아니야."

지금은 그냥 조금 힘들어서 그래. 코타 아줌마는 그렇게 말했고, 나는 부서진 피아노를 한참 쳐다보다가, 다시 뚜껑을 닫고 나왔다. 뚜껑을 닫으면서 부서진 파편이 바닥에 나뒹굴었다. 나는 집으로 가는 길에 양분식에 들러 문 앞에 붙어 있는 전단지를 뜯었다.

캄캄한 새벽이다. 눈을 꼭 감고 있다가 이불에서 몸을 일으켰다. 내 이불 맞은편에서는 엄마가 자고 있다. 잠든 엄마는 아기처럼 새근새근 숨을 쉬었다. 오늘은 술을 마시지 않고 잠든 모양이었다. 아픈 엄마를 혼자 내버려두고 가는 것이 미안했지만 어쩔 수 없었다. 나는 엄마가 깨지 않도록 조심하면서 미리 싸 놓은 가방을 챙겨 방을 빠져나갔다.

코타키나발루에 도착했을 때는 이미 아침이었다. 새파란

어스름이 거리 곳곳에 번져 있었다. 코타키나발루의 문을 밀고 들어갔다. 아주 이른 시간이었는데도 서울 형은 벌써 가게에 나와 있었다. 형은 내가 들어온지도 모르고 서서 코타 아줌마가 걸어 놓은 코타키나발루의 바다 사진을 보고 있었다. 나는 서울 형이 슬프지 않기를 바랐다. 내가 서울 형의 손가락을 잡자 서울 형이 놀라서 뒤돌아보았다.

"오늘 나랑 어디 좀 같이 가요."

혼자 갈 수 있으면 혼자 갔을 텐데. 양분식 앞에서 뜯어온 전단지에 미성년자는 보호자를 동반해야 한다고 쓰여 있어서 어쩔 수 없었다. 서울 형이 입 모양으로 어디냐고 물었다. 나는 비밀이라고 했다. 갑작스러운 내 요구에도 형은 별말 없이 나를 따라나섰다.

"형, 더 빨리 빨리요." 내가 한참 재촉하고서야 서울 형은 걸음을 뗐다. 아침 햇살에 눈이 부신지 눈가를 잔뜩 찌푸린 채로 멍하니 걷는 형을 다시 채근했다. 걷기 대회 시간은 아홉 시였다. 왜 이런 꼭두새벽부터 걷기 대회 같은 걸 하는지 알 수 없는 노릇이다. 느릿느릿 걷는 서울 형을 질질 끌고 걸음을 빨리했다. 왜 이렇게 도망치듯이 가? 서울 형이 그렇게 묻는 것만 같았다. 나는 모른 척 계속 걸었다. 그리고 버스 터미널에 가서, 소요산에 가는 차표를 끊었다. 거기까지는 좋았다. 버스 맨 뒷자리에 앉아 창밖을 내다보면서, 서울 형의 어깨에 얼굴을 대고 나란히 곯아떨어질 때까지도.

내가 생각한 걷기 대회와 실제 걷기 대회가 하늘과 땅 차이라는 걸 깨달은 건 목적지에 도착하고 난 뒤였다.

나는 정류장에 내리자마자 펼쳐진 광경에 할 말을 잃었다. 한적한 산, 시골길을 예상했던 것과 달리 어딜 보나 사람들이 복작거렸다. 그러고 보니 단풍철이었다. 오늘 같은 날을 노리고 자리를 편 노점상들이 김밥이며, 생수, 계란 같은 걸 팔고 있었다. 서울 형은 잠이 덜 깼는지 졸린 얼굴을 하고 가방을 멘 채 서 있었다. 내가 서울 형의 손을 붙잡자 형은 괜찮다는 듯 고개를 끄덕였다. 소풍이라도 오고 싶었는가 보다고 생각했을 것이다.

사람들이 걷는 방향을 따라 일단 무작정 걷기 시작했다.

한참을 걸어도 길은 끝이 안 보였다. 나는 하품을 쩍 하고 입맛을 다셨다. 아침을 먹고 나오지 않아서 배가 고팠다. 수중에 있는 돈이라곤 꼬깃꼬깃한 천 원짜리 한 장이 전부였다. 그걸론 김밥 한 줄 사먹으면 끝이었다. 나는 옆에서 말없이 걷고 있는 서울 형을 힐끔 올려다봤다. 어제 그렇게 울음을 터뜨린 얼굴이라고는 생각할 수 없을 정도로 무표정한 얼굴이었다.

약수터 앞에 옹기종기 모인 사람들의 얼굴엔 설렘이 가득했다. 나는 계속 두리번거리며 주변을 살폈다. 이 사람들을 전부 제쳐야 피아노를 가질 수 있다니 이건 너무 불공평했다. 내 키는 아직도 백삼십 센티미터 언저리를 맴돌고 있었으니까. 다리 길이로만 따지면 칠십 센티미터도 안 될지 모른다. 그에 비해 주변에서 몸을 푸는 아저씨들은 내가 한참 올려다봐야 할 정도로 다리가 길었다. 나는 의욕 없이 멍하니 서 있는 서울 형을 다시 올려다봤다. 나보단 다리가 길지만 서울 형도 기껏해야 백칠십 센티미터가 될까 말까 해 보였다.

내가 서울 형의 귓가에 우리 꼭 일등 해야 돼요, 속삭이려던 무렵 출발 신호가 울렸다. 나는 서울 형의 손을 잡고 마구 달렸다. 짧은 다리로 어떻게든 따라잡으려면 뛰는 수밖에 없었다.

숨이 넘어가겠다 싶을 지경까지 뛰고 또 뛰었다. 그래도 산길은 좀처럼 끝이 보이지 않았다. 아까 김밥 파는 할머니한테서 생수 한 병이라도 사놓을 걸 그랬다 후회했다. 목이 따끔거렸다. 뱃속에서는 꾸루룩 소리가 났다. 그래도 다리를 멈출 수는 없었다. 아까 전부터 우리 앞에서 달리던 아저씨가 점점 멀어지고 있었다. 조던 운동화를 신은 아저씨는 흰색 티셔츠가 다 젖을 정도로 땀을 뻘뻘 흘리며 뛰었다. 걷기 대회라더니 다들 뛰고 있었다. 일정 간격 이상 멀어지면 끝장이었다. 그럼 따라잡을 수 없을 것이다. 발목이 끊어질 것 같은 날카로운 통증이 덮쳤다. 그래도 꾸역꾸역 달렸다. 서울 형의 손을 잡고 있는 손에서 땀이 배어 나와 미끄러웠다. 고쳐 잡으려다가 발을 헛디뎠다.

순식간에 세상이 확 돌았고, 낙엽 더미에 얼굴을 처박았다. 그 속에 숨어 있던 굴참나무 가지에 볼이 살짝 긁혔는지 화끈거렸다. 곧바로 일어났는데도 조던 운동화 아저씨는 저만치 가 있었다. 벌떡 일어나 서울 형의 손을 잡고 다시 끌었는데 이번엔 꼼짝도 하지 않았다. 서울 형은 내 얼굴을 한참 들여다보더니 손을 뻗어 볼에 달라붙어 있던 붉은색 낙엽을 떼어냈다. 그리고 그걸 내 손에 쥐어주었다.

그제야 다른 것들이 눈에 들어왔다. 옷을 갈아입기 시작한 나무에서 바람이 불 때마다 낙엽들이 떨어지고 있었다. 그러고 보니 살던 동네를 벗어나 이렇게 멀리 온 건 오늘이 처음이었다. 내가 낙엽을 보는 동안 서울 형은 가방에서 주섬주섬 대일밴드랑 빨간약을 꺼냈다. 그런 걸 대체 왜 들고 다니는 건지 모르겠지만. 무릎이랑, 넘어지면서 바닥을 짚느라 까진 손바닥에 형은 그저 묵묵히 빨간약을 펴 발랐다. 그러느라 내 허리께를 잡았는데 내가 아, 하고 비명을 지르자 놀라서 동그랗게 커진 눈으로 날 보았다. 내가 막는 것보다 서울 형의 손이 더 빨랐다. 걷어 올린 옷 사이로 찬바람이 횡하니 들어와 등이 시렸다. 그러는 사이에 셀 수도 없이 많은 사람들이 우리를 스쳐 지나갔다. 나는 바닥에 주저앉은 채로 중얼거렸다.

"우리 일등 물 건너갔어요."

내가 고개를 푹 숙이자 서울 형이 물었다. "일등 하고 싶어?" 나는 고개를 끄덕였다. 서울 형에게 새 피아노를 주고 싶었다. 그 말은 하지 않았다. 서울 형은 대답하지 않고 웃기만 했다. 내가 떼를 쓴다고 생각할 게 분명했다. 나는 그런 어린애가 아닌데. 그런데 서울 형이 한 다음 행동은 내 예상을 벗어났다. 서울 형은 내 앞에 쪼그려 앉아 업히라는 시늉을 했다.

"나 무거워요."

돌아오는 대답은 없었다.

"무거워서 허리 나가도 몰라요."

나는 염치도 없이 그 작고 마른 등에 바싹 매달렸다. 나를 업은 서울 형이 천천히 달리기 시작했다.

◇

당연하게도 결과는 참패였다. 애초에 서울 형이 나를 업고 달려서 일등을 할 확률은 코타 아줌마가 복권에 당첨되는 것만큼이나 희박해 보였다. 코타 아줌마는 매주 복권을 샀지만 한 번도 당첨된 적은 없었다. 안 될 걸 알면서도 매번 거기에 희망을 걸어보는 심리를 나는 도저히 이해할 수 없었다. 내 생각에 안 되는 건 안 되는 거였다. 그런데 이번만은 어쩔 수가 없었다.

결승 지점을 지나자마자 서울 형은 나를 바닥에 내려주고 흙바닥에 주저앉았다. 이마에서 땀이 계속해서 쏟아졌다. 나는 주머니에 아껴뒀던 천 원짜리로 생수를 한 병 샀다. 겨우 물 한 병을 사는 데 돈을 쓰는 게 아까웠지만 약수터까지 걸어가다간 서울 형이 쓰러질 것 같아서 어쩔 수 없었다. 물을 건네주고 나는 한참을 손만 꼼지락거렸다. 형에게 피아노를 주고 싶어서 시작한 일이었지만 미안한 건 미안한 거였다.

"미안해요."

그러자 서울 형이 고개를 들었다. "뭐가?"

"그냥, 다요."

괜히 끌고 나와서 안 해도 될 고생했잖아요. 서울 형은 고개를 갸웃거렸다. 그리고 내 손바닥을 끌어당겨 잡았다. "일등 못해서 미안." 서울 형이 웃었다. 노란 머리가 나풀나풀 흔들렸다.

나는 서울 형의 얼굴을 한참 들여다보았다. 서울 형이 미안할 일이 아니었는데 미안하다고 하는 게 이상했다. 서울 형은 주머니에서 담뱃갑을 꺼냈다. 서울 형의 손목에는 처음 봤을 때부터 쭉 까만색 아대가 채워져 있었다. 담배를 입에 무는 걸 쳐다보다가 내가 말했다.

"일등 못해도 괜찮아요."

서울 형이 앉아 있어서 눈높이가 대충 비슷했다. 나는 서울 형을 쳐다보고 또박또박 힘을 주어 다시 말했다. "일등 못해도 괜찮다고요." 피아노는 물 건너갔지만 코타키나발루에 있는 피아노가 아주 몹쓸 지경은 아니었으니까 당분간은 괜찮을 거라고 생각했다. 내가 그렇게 말하자 서울 형은 눈을 조금 크게 떴다. 나는 서울 형이 웃어줄 거라고 생각했다. 그래서 웃으면서 집에 가자고 하려고 했는데 서울 형의 눈에서 눈물이 후드득 떨어졌다. 나는 말을 잇다가 놀라서 물었다.

"왜 울어요?"

나는 어쩔 줄 모르고, 소리도 없이 우는 형을 쳐다보다가, 혹시 추울까 봐 가방에 넣어왔던 후드 집업을 꺼냈다. 그리고 서울 형의 머리 위에 눌러 덮어씌웠다. 지나가는 사람들이 쳐다보는 게 느껴졌다. 뭐 구경났냐고 욕이라도 해주고 싶었는데 참았다. 형이 왜 우는지 알 수 없었다. 내가 뭘 잘못했나 짚어봤는데 오늘 잘못한 게 너무 많아서 뭔지 짐작도 안 갔다. 멀리서 마이크가 삐익거리는 소리가 났다. 오늘 걷기 대회의 시상식이 있을 거라고 말하는 목소리가 들렸다. 사람들이 그쪽으로 모여들었다. 나는 후드 집업을 뒤집어쓴 서울 형을 쳐다봤다가, 그쪽을 한 번 쳐다봤다.

"이어서 경품 추첨이 있겠습니다."

걷기 대회 일등을 해야 주는 상품이 아니라 추첨 일등을 해야 주는 경품이라는 말은 없었으면서. 투명한 네모 상자 안에서 종이쪽지를 꺼낸 사회자가 마이크를 입에 갖다 댔다. 다시 한 번 삐익거리는 소리가 들렸다. 물론 멋대로 오해한 내 잘못도 있었지만 미리 알았으면 죽어라 뛸 일도 없었을 텐데. 서울 형에게 미안한 일이 하나 늘어났다. 나는 멍하니 그쪽을 쳐다보다가 곧이어 내 이름이 불리는 소리를 들었다. 그 순간 코타 아줌마가 옆에 있었다면 말해주고 싶었다. 경품이란 게, 정말로 당첨되기도 한다고. 복권 같은 거라고 생각했는데. 내 이름이 불리는 소리에 서울 형의 얼굴을 쳐다보자 후드 집업 사이로 눈이 마주친 서울 형이 웃음을 터뜨렸다. 눈물자국이 남은 얼굴로, 우리는 마주보고 웃었다.

우리가 경품으로 받은 건 만능 채칼이었다.

나는 채칼을 품에 안고 앉았다. 역에 도착해서 다음 열차가 올 때까지 기다리면서 채칼을 이리저리 돌려봤다. 만능이라는 이름이 무색하게 나나 서울 형에게나 아무짝에도 쓸모없는 물건이었다. 열차가 오길 기다리다 지친 서울 형은 내 손을 잡고 눈을 감았다. 한동안 조용했다. 할 일이 없어 혼자 채칼을 만지작거렸다. 곧 재미가 없어졌다. 서울 형은 잠이 든 건지 고른 숨소리만 뱉어냈다. 나는 역 의자에 기대고 누운 조그만 머리통을 바라보다가 서울 형의 어깨에 기대 잠이 들었다.

눈을 떴을 때는 한나절이 지나 저녁이었다. 막차 시간이 가까워졌는지 역은 사람 하나 없이 한산했다. 놀라서 잠이 깼다. 서울 형의 어깨를 흔들어 깨웠다. 부스스 일어난 서울 형은 내가 차가 끊긴 것 같다고 호들갑을 떨자 그제야 주변을 두리번거렸다.

우리는 일단 역에서 나왔다. 아까 걷기 대회 때 봤던 길이 다시 펼쳐져 있었다. 낮에 보는 풍경과 밤에 보는 풍경이 달랐다. 주변엔 온통 도로와 산뿐이었다. 눈에 보이는 곳까지는 전부. 서울 형은 잠이 덜 깼는지 졸린 얼굴을 하고 가방을 멘채 서 있었다.

길을 따라 일단 무작정 걷기 시작했다. 가다가 버스 정류장이 보여서 거기 앉아서 아무 마을버스나 오기를 기다렸다. 하지만 아무리 기다려도 버스는 오지 않았다. 더 이상 버스를 기다리는 건 소용이 없었다. 아무것도 없는 텅 빈 밤길을 보자 덜컥 무서워졌다. 집으로 가고 싶었다. "집으로 가요, 네?" 내 말에 서울 형은 내 손을 붙잡고 일어났다. 그리고 다시 시골길을 정처 없이 걷기 시작했다. 뭐라도 지나가면 태워달라고 해보기라도 할 텐데 지나가는 자동차조차 보이지 않았다. 다리가 후들거렸다. 힘들어서 무릎을 굽혔다가 위를 올려다봤는데 하늘이 보였다.

"저기 봐요."

나는 하늘을 가리켰다. 구름이 껴 흐린 하늘에 보름달만은 하얗게 빛나고 있었다. 그 빛이 길을 비춰주었다. 나는 배고픈 것도 힘든 것도 잊어버리고 입을 헤 벌린 채로 정신없이 보름 달을 쳐다보고 있었다. 달에 홀린 듯이.

빗방울이 한 방울씩 투둑투둑 떨어지더니 곧 쏴아아 소리 를 내며 쏟아지기 시작했다. 나는 가방을 앞쪽으로 돌려 메고 끌어안았다. 형이 내 앞에 무릎을 꿇고 앉아 업어줄까? 물어 보던 순간 멀리서 하얀 빛이 조금씩 가까워져왔다. 경운기가 털털 소리를 내며 다가왔다. 경운기 위에 앉은 아저씨가 소리 를 질렀다. 어디까지 가슈? 서울 형이 소리를 질러 태워달라 고 부탁했고 나는 길의 끝을 가리켰다.

겨우 경운기 뒷자리에 얻어 타고 그나마 시내라고 부를 만한 곳에 내렸다. 비에 젖은 옷이 몸에 들러붙었고, 가을밤 이라고는 해도 몸이 으슬으슬 떨렸다. 비는 그칠 생각을 하지 않고 오히려 하늘에 누가 구멍이라도 뚫어 놓은 것처럼 매섭 게 내렸다. 서울 형은 간신히 비가 들이치지 않는 처마를 찾 아 그 아래에 섰다. 내가 처마 밖으로 몸을 내밀었다가 말았 다가 장난을 치고 있자 서울 형이 손짓해 나를 불렀다.

"힘들지."

"괜찮아요."

서울 형은 내 얼굴을 들여다보았다. 그리고 주머니에서 담뱃갑을 꺼내 들었다. 나는 담배를 펴도 괜찮다고 말했다. 그러자 서울 형이 도로 담배를 집어넣으며 말했다. "넌 진짜 손이 많이 간다." 서울 형이 그런 말을 하는 게 이상했다. 나는 항상 괜찮다고, 하나도 안 힘들다고 말하는데. 엄마도 나는 참 손이 안 가는 애라고, 뭐든 알아서 잘해서 좋다고 했는데. 서울 형은 다시 내 얼굴을 한참 들여다보았다.

"따라해 봐. 안 괜찮아."

이상한 말이었다. 엄마는 항상 나한테 다 괜찮아질 거라고, 지금은 힘들지만 참고 견디면 된다고 말했다. 나는 엄마를 지켜야 했다. 우리 집이 우리 집일 수 있도록 지켜야 했다. 고개를 저으며 슬금슬금 뒷걸음질을 쳤다. 그대로 도망치고 싶었지만 그러지 못했다. 그 말 한 마디는 소름이 끼치도록 부드럽고도 다정했지만 단호한 힘으로 나를 내몰았다.

결국 나는 서울 형이 시키는 대로 말해야 했다. 안 괜찮아요, 싫어요. 안 괜찮아요, 싫어요. 안 괜찮아요, 싫어요.

한참을 더 걷고 나서야 다 쓰러져가는 건물이 하나 눈에 들어왔다. 혹시나 하고 들어선 내부에는 그래도 꽤 큼직한 글씨로 모텔이라고 쓰여 있었다. 오래된 건물 특유의 퀴퀴한 냄새가 나는 모텔의 주인은 백발이 성성한 할아버지였다. 서울 형은 아무렇지 않은 척 지폐를 건넸고 할아버지는 별다른 말 없이 방 키를 내줬다.

서울 형은 방으로 들어가 짐을 풀고 제일 먼저 나부터 욕실로 밀어 넣었다. 젖은 옷을 벗어놓고 따뜻한 물로 몸을 씻은 다음 나왔더니 서울 형은 침대에 누워 있었다. 갈아입을 옷이 없어 그냥 젖은 속옷만 다시 입었다. 내가 다가가 침대에 걸터앉자 침대에서 무시무시하게 삐거덕거리는 소리가 났다. 서울 형은 간신히 고개만 돌려 검은색 비닐봉다리를 건넸다. 언제 사온 건지 안에 까만 반점들이 피어나기 시작한 바나나 한 송이가 들어 있었다. 침대에 눕자 이불보에서는 퀴퀴한 냄새가 났다.

"형, 자요?"

서울 형은 가물거리는 눈을 몇 번 깜빡였다. 비에 젖은 머리카락에 탁한 잿빛이 섞여 노리끼리해 보였다. 서울 형이 입을 뻐끔거렸다. "조금만 잘게." 나는 고개를 끄덕였다. 서울 형의 얼굴이 하얗게 질려 창백해 보였지만 씻으라는 말을 할 수가 없었다. 서울 형이 고른 소리를 내며 잠들었다. 나는 손바닥으로 형의 눈가를 덮었다.

한동안 조용했다. 서울 형은 잠이 든 건지 고른 숨소리만 뱉어냈다. 나는 베개에 파묻힌 조그만 머리통을 바라보다가 침대에 기대 잠이 들었다. 눈을 떴을 때 주변은 아직 캄캄했다. 조금 자고 일어나겠다던 서울 형은 여전히 눈을 감고 있었다. 어깨를 잡고 흔들어 깨웠다. 그래도 일어나지 않았다. 서울 형의 이마에 식은땀이 맺혀 있었다. 나는 덜컥 무서워졌다. 이웃집 할머니가 잠들었던 날에도 이랬다. 그날은 할머니가 오지 않아서, 내내 방바닥에서 뒹굴다가 다 늦은 저녁이돼서야 할머니 집에 찾아갔다. 할머니는 자고 있었다. 나는 일어나지 않는 할머니 옆에서 꼬박 밤을 새웠다. 그때 할머니 얼굴처럼 서울 형의 얼굴이 창백했다. 나는 벌떡 일어나 문을 박차고 나갔다. 무서웠다. 서울 형이 나만 혼자 남겨두고 코타키나발루에 가버릴까 봐. 모텔 할아버지를 붙들고 형이 아프다고, 구급차 좀 불러달라고 할 때까지 떨리지 않던 몸이 서울 형과 함께 병원에 도착하자마자 덜덜 떨리기 시작했다.

◇

  엄마는 자다 말고 받은 전화에서 치료비, 합의금 등의 단어를 듣고 혼비백산해서 머리도 못 빗고 경찰서로 달려왔다. 화장도 안 하고 머리에 후까시도 안 넣은 엄마는 평소보다 열 살쯤 늙어 보였다. 서울 형은 병원에서 링거를 맞고 일어나자마자 경찰 조사 때문에 불려왔고, 함께 불려온 코타 아줌마는 또 그 하얀색 알약을 먹었는지 넋을 놓은 얼굴을 하고 있었다. 치료비와 합의금을 우리가 내야 하는 게 아니라 받아낼 수 있을지도 모른다는 말을 들은 다음엔 엄마의 표정이 바뀌었다.

내 앞에 앉은 경찰 아저씨가 말했다.

"아저씨한테 솔직하게 말하는 거야."

저 형이 널 만지고 때렸니?

나는 고개를 저었다. 서울 형은 한 번도 나를 함부로 대한 적이 없다.

"그럼 모텔엔 왜 갔어?"

몸에 난 상처들은 다 누가 그랬어? 내가 대답하려고 입을 열려고 하는 순간 엄마가 내 손목을 낚아챘다. "화장실이 가고 싶다고?" 나는 화장실에 가고 싶다고 한 적이 없는데 엄마는 그렇게 말하곤 내 팔을 잡고 질질 끌고 갔다. 화장실에 들어가자마자 맨 끝 칸에 나를 데려간 엄마는 무릎을 굽혀 눈높이를 맞추고 말했다.

"저 새끼가 그랬다고 해."

나는 고개를 저었다. 엄마는 내 얼굴을 한 번 보고, 허공을 한 번 보더니 서슴없이 내게 따귀를 날렸다. 많이 아프지는 않았다. 그냥 마음이 아팠다.

"엄마가 뭐라고 그랬어?"

네가 아주아주 나쁜 아이여도 엄마는 널 절대 버리지 않아. 얼마나 사랑하는데. 그러니까 너도 엄마를 버리면 안 돼. 알겠니? 따귀 한 대가 더 날아왔다. 엄마는 항상 입버릇처럼 말했다. 내가 이렇게 아픈데, 이렇게 너를 힘들게 키우는데, 너는 왜 이 모양이니?

나는 도리질을 쳤다. 그리고 슬금슬금 뒷걸음질을 쳤다. 엄마는 내가 물러서지 못하도록 내 어깨를 잡았다.

"엄마 부탁이야."

그럼 다 괜찮아져. 그러니까 저 새끼가 그랬다고 해. 가족은 그래야지. 사랑하잖아. 엄마는 나한테 항상 사랑한다고 말했다. 그래서 이렇게 인정하기가 힘들었다. 세상에서 나를 가장 사랑해야 할 사람이 실은 나를 그다지 좋아하지 않을 수도 있다는 걸. 코타 아줌마가 말한 것처럼 사랑이 맛있는 거 같이 먹는 거, 좋은 거 있으면 주고 싶은 거. 그런 거라면 엄마는 나를 사랑하지 않았다. 나는 서울 형이 가르쳐준 대로 말해야 했다. 안 괜찮아요, 싫어요. 안 괜찮아요, 싫어요. 안 괜찮아요, 싫어요. 한 마디가 끊길 때마다 따귀가 한 대씩 날아왔다. 나는 몸을 잔뜩 웅크리고 팔로 얼굴을 감싼 다음 도레미파솔라시도, 도레미파솔라시도, 하고 되뇌었다. 귓가에 소리가 울렸다. 엄마는 곧 손찌검을 멈추고 주저앉았다.

내내 품에 안고 있던 채칼 상자가 따뜻했다. 나는 엄마 앞에 채칼을 놓고 조용히 일어나 화장실 문을 열고 나왔다. 엄마가 뭐라 소리를 질렀지만 못 들은 척했다.

아침의 경찰서는 조용했다. 컴컴한 복도를 가로질러 걷는 동안 〈플라이 미 투 더 문〉의 멜로디를 흥얼거렸다. 막히다 못해 지끈지끈 아픈 가슴을 누른 채 심호흡을 했다. 맞은 뺨이 그제야 얼얼하게 아파왔다. 물속에 잠긴 것 같았다. 숨이 막혔다. 이럴 거면 바다에서 태어나는 게 나을 뻔했다. 이왕이면 코타키나발루의 바다에.

철창을 두드리는 소리가 들려서 돌아보았다. 서울 형이 있었다. 철창 안쪽에서 흔드는 손. 손가락은 여전히 하얗고 길쭉했다. 앞에 다가서자 서울 형의 머리카락이 보였다. 처음만큼은 빛나지 않는, 푸석푸석한 노란 머리가 나풀거렸다. 나는 엄마가 따귀를 때렸다고 고백하지 않을 것이다. 형이 모르는 내 어떤 순간들이 멍들고 곪은 상처투성이라는 것을 고백하지 않을 것이다. 대신 나는 물었다.

"플라이 미 투 더 문."

내 말에 서울 형이 고개를 들었다.

"무슨 뜻이에요?"

서울 형은 〈플라이 미 투 더 문〉의 멜로디를 흥얼거렸다. 내가 철창 앞으로 가자 서울 형이 중얼거렸다.

"나를 달로 데려가 주세요."

별들 사이에서 내가 놀 수 있게 해주세요. 목성과 화성의 봄이 무엇인지 볼 수 있게 해주세요. 거기까지 말한 서울 형은 손가락으로 철창을 톡톡 두드렸다. 나는 서울 형을 빤히 보았다. 서울 형이 다시 말했다. 내 피아노 너 줄게. 나는 못 들은 척 고개를 저었다. 형은 플라이 미 투 더 문이 뭔지도 알고 내가 본 사람 중에 피아노를 가장 잘 쳤지만 진짜 바보였다. 나는 피아노를 칠 수 없다. 그렇게 예쁜 것은 내 손에서 태어나서는 안 됐다. 엄마 말이 맞았다. 나는 코타키나발루에 갈 수 없다.

나는 서울 형의 손목 아대를 풀었다. 형의 손목 위에 빗금처럼 그어진 선들을 바라보았다. 그러자 서울 형이 손가락을 내밀었다. 내가 한글을 배우기로 했을 때도 같은 약속을 했다. 손가락을 거는 데 울음이 터졌다. 멈출 수 없어 그냥 두었다. 다 터진 입안이 계속 따끔거렸다. 나는 오랫동안 오늘 이전과 이후만 있을 것을 예감했다. 이제는 돌아가지 못한다.

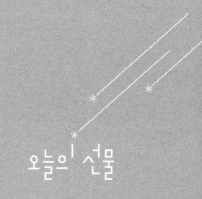

오늘의 선물

8만 7천 2백 원. 딱 그만큼이 모자랐다. 지난 일 년 동안 55만 원을 만들기 위해 몰래 마트에서 설 세트 판촉 알바까지 했는데. 혹시 모자랄까 봐 장롱 속에 숨겨둔 고양이 저금통에 따로 동전을 모으기도 했다. 쇼핑 카트에서 떨어진 백 원짜리라도 없나, 살피고 돌아다닐 때는 누가 본 것도 아닌데 귀 끝이 벌게지곤 했다. 머리카락에 숨겨져 아무도 보지 못했지만. 요즘은 운 좋게 동전을 줍는 일도 흔치 않았다. 은영은 돈을 세 번 셌다. 역시 딱 8만 7천 2백 원이 비었다. 그리고 오늘은

---

* 오 헨리의 단편소설 〈크리스마스 선물〉을 오마주

주은의 생일이었다.

밸런타인데이이자 은영 자신의 생일이기도 했다. 처음 생일이 같은 날이라는 걸 알았을 때 두 사람은 생일선물로 초콜릿만 잔뜩 받는 악몽을 토로하며 열변을 토했다. 생일선물로 초콜릿을 주는 인간과는 상종도 하지 말아야 한다고.

은영은 옥탑방의 싸늘한 방바닥에 누워서 눈을 감았다. 울고 싶은 기분이었지만 세상엔 이것 말고도 울 일이 너무 많았다. 누군가 인생은 흐느낌과 훌쩍임과 미소로 이루어졌고 그중 대부분은 훌쩍거리는 시간이라고 했는데 훌쩍거리고 있을 시간이 없었다. 오늘 오디션을 보러 나간 주은이 돌아오기까지는 시간이 얼마 남지 않았다. 은영은 보안이라는 현관문의 기능에 충실하지 못해 덜렁거리는 문을 열고 밖으로 나갔다.

옥상 한가운데에 나무 평상과 함께 코카콜라가 위에 그려진 새빨간 파라솔이 처량한 모습으로 서 있었다. 작년인가 재작년인가 희망슈퍼가 망했을 때(그때 주은은 희망이 망하면 어떻게 되는 거냐고 은영에게 물었다) 주은이 받아온 건데 파라솔을 고정할 자리를 찾지 못해서 죽은 화분에 흙을 채워서 꽂아 넣었다. 여름엔 그럭저럭 해를 가려줘서 저 파라솔 아래서 고기도 구워 먹고, 맥주도 마시고, 서울 하늘에 가뭄에 콩 나듯 보이는 별을 바라보기도 했지만 겨울에는 안 그래도 삭막한 옥상을 한층 더 을씨년스럽게 만드는 흉물이 따로 없었다. 그래도 다가올 여름을 생각하면 치울 수는 없었다.

은영은 옥상 한구석에 세워져 있는 자전거를 끌어다 그 앞에 쪼그리고 앉았다. 집에서 나올 때 가지고 온 몇 안 되는 물건 중 하나였다. 그 말은 은영이 가지고 있는 물건 중에 몇 안 되는 고가의 물건이라는 소리다. 은영의 출퇴근길을 책임지고 있는 효자 물품이기도 했다. 나날이 치솟는 서울 대중교통 요금을 생각하면 팔면 안 됐지만 달리 수가 없었다. 은영은 자전거의 날렵한 바디를 손으로 툭툭 쓰다듬었다. 그동안 수고했다, 입속으로 중얼거리며.

은영은 낡은 검은색 파카를 걸쳤다. 보풀이 일어나고 있는 검정 목도리도 둘렀다. 그리고 자전거를 들고 계단을 내려가, 거리로 나섰다. 자전거 위에 올라탄 다음엔 힘차게 발을 굴렀다.

자전거가 멈춘 곳에는 '바이크 랜드'라는 간판과 함께 '중고 자전거 매입'이라고 쓰인 현수막이 바람에 나부끼고 있었다. 은영은 자전거를 끌고 매장 안으로 들어간 뒤 잠시 숨을 골랐다. 자전거를 사러 온 사람인 줄 알고 반색하며 나왔던 사장은 이내 자전거를 품평하는 시선으로 요모조모 뜯어보았다. 아이고, 잔 기스가 많네, 하며 중얼거리는 소리에 은영은 그럴 리가 없다며 작은 목소리로 대꾸했다.

"10만 원, 그 이상은 못 줘요."

"아니, 이게 얼마짜리 자전건데……."

"여기 보세요. 기스 큰 거 보이죠?"

그리고 꽤 오래 타셨네. 사장이 아까 전 은영이 손으로 쓰다듬었던 바디를 가리키며 말했다. 그 말에 하는 수 없이 만 원짜리 열 장을 받아서 나왔다. 주은의 선물로 봐두었던 물건을 직거래하기로 해서, 시간이 빠듯했다.

이제 자전거도 없는데 발걸음은 나는 듯 가벼웠다. 은영은 거의 뛰다시피 걸었다. 걷다가, 점프하듯이 뛰다가, 다시 걸었다. 편의점마다 가판대에 늘어놓은 초콜릿 상자들이 보였다. 색색깔의 리본과 달콤해 보이는 문구들이 눈길을 사로잡았다. 하나 살까 하다가 은영은 고개를 돌렸다. 생일선물로 초콜릿을 주는 인간과는 상종도 하지 말아야 한다고 열변을 토한 건 은영 자신이었다. 꼭 그것 때문만은 아니었지만 덕분에 지금 남은 인간관계라고는 주은뿐이었다.

나이가 들어가면서 생일이라는 건 수많은 기념일 중 하나일 뿐이라는 걸 알게 됐지만, 그래도 생일은 생일이었다. 은영은 생일이라는 날이 주는 특별한 어감이 좋았다. 어릴 때부터 누군가 제대로 챙겨준 적이 없었기 때문이기도 했다. 별생각 없이 초콜릿을 주는 사람 입장에서는 자기 하나일지 몰라도 받는 사람 입장에서는 그 모든 게 질 나쁜 장난 같았다. 고등학생 때인가 한 번은 반 애들 전체가 미리 짜고 생일선물로 초콜릿을 줬다. 책상에 가득 쌓여가는 초콜릿 앞에서 은영은 그게 무너지지 않을까 걱정해야 했다. 선물 주는 사람 앞에서 얼굴을 구길 수는 없어서 웃어넘겼다. 어차피 말해봤자 남들은 아무도 몰라주고 스스로만 기분 나쁜 그런 지점이었다. 그게 폭력일 수도 있다는 생각은 하지 못했다. 누군가 쪼잔하다고 할까 봐, 유치하다고 할까 봐 생일이 별거냐며 큰 소리로 떠들었다. 그렇게 말했지만 은영은 매년 생일날 아침 눈을 뜨며 기대했다. 이번은 다를지도 모른다고.

주은은 처음으로 초콜릿이 아닌 걸 선물로 준 사람이었다.

"언니, 생일에 초콜릿 많이 받아봤죠."

나도 그래요. 별거 아니라 뭐라고 말은 못하겠는데 은근히 기분 나쁘다, 그거? 주은은 그렇게 말하며 양말을 건넸다. 귀여운 알파카가 그려진 캐릭터 양말이었다. 초콜릿보다 비싸지도 않고, 더 낫다고 말하기 힘든 물건이었지만 그래도 충분했다. 그 이후로 다른 기념일은 다 그냥 넘겨도 생일만은 꼭 지키며 서로 축하했다. 거칠고 축축한 옥상 평상에 은색 알루미늄 돗자리를 깔고 거기 누웠다. 처음에는 앉아 있었는데 그러다 주은이 눕자 은영이 주은의 배를 베고 누웠다. 저기 별이다, 하면 주은이 인공위성이야, 하고 대꾸하곤 했다. 별로 특별할 것 없는 이야기, 아무것도 아닌 이야기가 이어졌다. 네가 세상에 태어나서 정말 기뻐. 그렇게 말해주는 사람이 있다는 사실 자체가 축복이었다.

그런 의미에서 이 렌즈는 주은을 위한 선물로 제격이었다. 축복이라는 이름이 붙어 있는 렌즈였다. 주은이 가지고 있는 것 중에 가장 좋은 것은 카메라였는데 은영은 그 카메라에 어울리는 렌즈를 선물해주고 싶었다. 카메라에 문외한이었지만 인터넷으로 조금 검색해보니 캐논 80D에 축복 렌즈보다 더 좋은 렌즈는 없다는 답변을 발견했다. 렌즈의 이름도 마음에 들었다. 왜 축복이라는 이름이 붙었는지는 알 수 없지만 은영은 주은에게 가장 좋은 것을 주고 싶었다. 주은에게 축복을 선사하고 싶었다. 다른 누구도 아닌 주은만을 위한 것. 은영은 현금으로 55만 원을 지불한 뒤 남은 1만 2천 8백 원을 들고 집으로 돌아왔다. 이 카메라 렌즈만 달면 주은은 이제 그렇게 좋아하는 밤하늘도 찍을 수 있을 것이다. 옥상에 누워서 카메라 셔터를 찰칵찰칵 누르던 주은은 사진이 뿌옇게 나온다고 종종 하소연하곤 했다.

집에 도착했는데 옥상에 불이 들어와 있는 게 보였다. 은영은 렌즈를 곱게 넣어 놓은 상자를 끌어안았다. 뛰어올라가고 싶었는데 그러다 넘어지기라도 해 렌즈가 다칠까 봐 조심조심 가파른 계단을 올랐다.

현관문을 열고 들어갔는데 부엌 서랍이 죄 열려 있었다. 부엌뿐만 아니라 침대 옆 선반까지도. 도둑이 들었나? 순간 그런 생각이 들자마자 주은이 침대 밑에서 나왔다. 은영은 상자를 현관에 내려놓고 침대 앞에 가 쪼그려 앉았다.

"거기서 뭐해?"

"뭐 좀 찾을 게 있어서."

"뭘?"

"우리 칼 다 어디 갔어?"

"칼은 왜."

"멜론을 사 왔는데…….."

칼이 안 보이네. 주은은 그렇게 말하며 다시 침대 밑으로 얼굴을 쑥 들이밀었다. 칼이 거기에 있을 리가 없잖아, 주은아. 은영은 침대 밑에 낀 얼굴을 잡아 빼며 말했다. 그랬더니 주은이 허허 웃었다. 아침에 풀 메이크업하고 때 빼고 광내고 나갔던 모습이 무색하게 맨송맨송한 얼굴이었다. 정장은 온데간데없이 목이 다 늘어난 핑크 땡땡이 티셔츠에 반바지 차림. 하나 사줄 테니까 제발 그 옷 좀 버리라고 몇 번이나 말했건만. 바닥은 또 절절 끓는 중이었다. 이럴 거면 옷을 두꺼운 걸 챙겨 입고 보일러를 좀 아끼자고 말을 해도 평생 버릇이 저렇게 든 걸 바꿀 수는 없었다.

"칼 네가 다 치웠어?"

"넌 요리할 생각 하지 마."

"오늘 엄마 집에서 냉장고 털어왔어."

우리 엄마는 그래도 나 불쌍하게 생각하잖아. 주은은 그렇게 말하며 어디서 구해왔는지 모를 멜론을 은영에게 대뜸 안겨주었다. 겨울에 이런 건 어디서 샀어? 묻는 말에 대답도 안 하고 뭘 자꾸 주섬주섬 꺼냈다. 가방에서는 음식이 끊임없이 나왔다. 동태전, 동그랑땡, 부추잡채, 오이지, 두부부침, 랩으로 두른 두툼한 삼겹살 몇 줄. 냉장고를 털어왔다더니 정말 털어온 모양이었다.

은영은 우선 물을 끓였다. 따뜻한 코코아를 한 잔 타서 아직도 차가운 주은의 손에 쥐어주고, 부엌에 숨겨두었던 칼을 찾았다. 그리고 쟁반 위로 옮긴 멜론 위로 칼날을 들이댔다. 무뎌진 칼날이 힘겹게 멜론을 갈랐다. 크게 듬성듬성 썰어서 주은에게 먼저 한 조각 건넸다. 남은 반은 비닐에 넣어 냉장고에 넣어두고 은영도 멜론을 한입 베어 물었다. 말도 없이 한동안 멜론만 먹었다.

"맛없어."

"그러게."

"삼만 원이나 주고 사 왔는데."

"돈 아깝게. 그러게 겨울에 멜론을 왜 사."

"갑자기 먹고 싶어서."

아무 맛도 안 나는 멜론을 씹으며 은영은 주은의 얼굴을 살폈다. 오늘을 위해 몇 달 동안 체중조절을 한답시고 닭가슴

살, 계란노른자, 샐러드만 먹더니 꽤 턱선이 도드라져 보였다. 가만히 눈을 굴리고 있자 주은이 말했다.

"그런 눈으로 보지 마."

"내가 뭘?"

"떨어졌어."

그냥, 뭐. 그렇게 됐어. 그렇게 말하며 주은은 가방에서 꺼낸 삼겹살을 랩도 벗기지 않은 채 프라이팬에 턱 던졌다. 야, 그거 랩부터 벗겨야지. 핀잔을 줘도 아 그래? 하고는 시큰둥하게 고개를 끄덕였다. 한두 번 떨어졌을 때는 하루 종일 집이 눈물에 잠길 정도로 울더니 이제는 웃기까지 했다.

"뽑힐 사람이 정해져 있더라고."

"야, 웃기네. 그럴 거면 오디션을 왜 해?"

바쁜 사람 왜 똥개 훈련시켜? 은영은 이 오디션 하나를 위해 대본이 너덜거리도록 줄을 치며 외웠던 주은을 알고 있었다. 아침에 출근하는 은영에게 방해가 될까 봐 새벽에 불도 못 켜고 이불을 뒤집어쓴 채로 손전등으로 대본을 비춰가며 씨름했던 시간도. 치킨 먹고 싶다며 울던 밤도. 은영이 씩씩거리자 주은은 더 크게 웃었다. "나 안 바쁜 거 알면서." 작은 종을 울리듯 한 음이 울리고 다시 한 음, 맑은 웃음이 귓가에 울렸다. 주은은 예전에 양말을 선물로 건넬 때도 그렇게 웃었다. 은영은 언제까지고 그 소리를 듣고 있을 자신이 있었다. 그리고 웃음을 멈추지 않기를 바랐다. 하지만 지금은 아니었다.

은영은 현관으로 가서 상자를 가지고 다시 돌아왔다.

"오늘은 생일이잖아."

생일 축하해, 그냥 아무 생각 말고 기뻐하자. 은영은 상자를 열고 아이처럼 기뻐할 주은의 얼굴을 그려보았다. 그리고 기대에 찬 얼굴로 주은의 손을 바라보고 있었다. 이윽고 상자를 열고 렌즈를 확인한 주은의 얼굴이 일그러졌다. 마치 처음 보는 물건인 것처럼 멍해 보였다. 뭐 이렇게 비싼 걸 다 샀냐고 핀잔을 줄 때의 얼굴은 분명 아니었다.

"빨리 카메라 가져와 봐."

주은이 은영의 얼굴을 바라보았다. 은영이 다시 한 번 재촉했지만 주은은 그저 특이한 표정으로 은영의 얼굴을 보기만 했다. 거기 떠오른 감정은 놀라움도 아니고, 나무람도 아니고, 공포도 아니고, 은영이 기대한 감정도 아니었다. 은영은 실망감을 감출 수 없어서 고개를 떨궜다. 가만히 바닥을 내려다보고 있는데 주은이 그제야 동면에서 깨어난 것처럼 몸을 움직였다. 주은은 가볍게 은영을 끌어안았다가 바닥에 던져둔 코트에서 선물 꾸러미를 꺼냈다.

"자, 이건 내 생일선물이야."

얼른 뜯어 봐. 주은이 손짓하자 은영은 천천히 끈과 포장지를 풀었다. 용도를 알 수 없는 상자가 하나 들어 있었는데

겉면에 자전거가 그려져 있었다. 주은이 말했다.

"오해하지 마. 네 선물이 기쁘지 않은 게 아냐. 사실 카메라를 팔아서 그걸 샀거든. 내 건 됐으니까 자전거에 먼저 달아보자."

"이게 다 뭐야?"

"자전거에 다는 전조등 겸 블랙박스야."

출퇴근할 때 자전거 타고 다니는 길이 너무 위험해 보여서. 요즘 세상 되게 좋아졌지? 이런 것도 다 나오고. 주은은 얼른 옥탑 문을 열고 나가자고 은영의 팔을 잡아끌었다. 은영은 자리에 주저앉았다. 한동안 우두커니 앉아 있다가 주은의 손을 붙잡았다. 그리고 카메라 없는 카메라 렌즈와 자전거 없는 자전거 전조등을 들고 옥상으로 나섰다. 한동안 오가는 말이 없었다. 말없이 휑한 옥상만 바라보고 있다가 주은이 웃었다. 그 작은 종소리 같은 웃음소리가 옥상에 울려퍼졌다.

거칠고 축축한 옥상 평상에 은색 알루미늄 돗자리를 깔고 거기 누웠다. 늦겨울 끄트머리의 바람은 뺨을 에일 듯 차가웠다. 처음에는 앉아 있었는데 그러다 주은이 눕자 은영이 주은의 배를 베고 누웠다. 은영이 말했다.

"진짜 웃겨. 사이클링 선수도 아닌데 누가 자전거에 블랙박스를 달아."

"사고는 순식간이야. 방심하는 순간 일어난다니까."

"넌 너무 걱정이 많아."

주은이 카메라 없는 렌즈를 하늘을 향해 들고 들여다보는 척했다. 은영은 자전거 전조등의 불을 켜고 하늘을 향해 비췄다. 둘 다 쓸모가 없어졌지만 환불해 오라고 말할 생각은 들지 않았다. 선물을 받았다. 그러니 그걸로 괜찮았다. 은영이 물었다.

"이거 이렇게 하면 녹화되는 거야?"

"블랙박스 메모리 들어 있으면 그렇겠지."

"오늘 연기 뭐했어? 대사 한 번 해봐."

"그게 무슨 카메라야?"

"카메라가 없으니까 이거라도 쓰자는 거지."

주은이 웃었다. 그리고 밤새 외운 대사를 정말 카메라 앞인 것처럼 줄줄 외웠다. 마지막 대사는 일부러 과장된 톤으로 뮤지컬을 하듯이 멜로디를 섞어 불렀다. 네게 말하고 싶었어, 내가 누군지. 마지막 대사가 끝났을 때 은영이 박수를 치자 주은이 말했다. 대본에는 없던 대사를. 네가 세상에 태어나서 정말 기뻐. 각자의 인생을 보이지 않는 실로 엮어 그렇게 말해주는 사람, 생일에 초콜릿이 아닌 다른 걸 건네주는 사람이 있다는 사실 자체가 축복이었다.

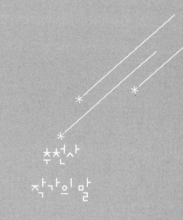

추천사

작가의 말

추천사

하나의 작품에는 작가의 몫과 독자의 몫, 그리고 신의 몫이 있다는 앙드레 지드의 말에 의하면 이 작품에 나의 몫이란 전혀 없다. 그런 면에서 추천사라는 것은 사족에 불과할지도 모른다. 평범한 일상 속 숨겨진 작가를 발굴해 출간을 지원하는 〈히든작가〉 프로젝트에 멘토로 참여했을 뿐, 이 소설집이 세상에 나오기까지 내가 한 역할이란 것이 딱히 없으니 말이다. 그럼에도 사족일지 모를 추천사를 군이 쓰는 이유는 두가지다. 하나는 출판사와의 약속 때문이고 또 다른 이유는 이소설집에 실린 작품들에 진짜 감동을 받았기 때문이다. 그렇다면 감동이란 것은 무엇일까?

다른 것은 몰라도 감동이라는 것은 타인에게 감동해달라

고 요구해서 얻어낼 수 있는 성질의 것이 아니다. 요즘 친구들이 즐겨 쓰는 말 중에 '찐'이라는 것이 있다. '찐'은 진짜라는 뜻을 담아 재미로 쓰이는 말인데, 그거 진짜 사랑이야? 그거 진짜 행복이야?라는 의미로 이야기되는 것을 종종 목격한 일이 있다. 그만큼 우리가 진짜 감정을 느끼는 것이 드문 시대를 살고 있다는 이야기다. 나의 경우 〈별과 빛이 같이〉를 만났을 때 그러한 감정을 느꼈다. 작가나 작품에 대해 아무런 사전 정보 없이 소설을 읽게 되었는데, 마지막 장을 넘긴 이후 두 가지 변화가 있었다. 하나는 양 볼 위로 눈물이 주르륵 흘러내렸다는 것이고 또 다른 하나는 한참 동안 마음이 꽤 아릿했다는 점이다. 그날따라 내가 좀 센티멘털했던가? 하는 의심이 들었지만 결코 그런 것은 아니었다. 이런 감정이 든 데는 아마도 마음이란 것이 움직였기 때문일 것이다. 세상에서 가장 어렵다는 사람의 마음을 움직이는 힘, 그렇다면 그것은 대체 어디에서 오는 것일까?

표제작인 〈별과 빛이 같이〉를 비롯해 윤이안 작가의 작품들에는 공통된 정서가 흐르고 있다. 곰곰이 생각해봤는데 나는 그것을 따뜻함이라고 말하고 싶다. 작가에게는 타인의 아픔에 공감해본 사람만이 쓸 수 있는 무엇, 혹은 타인의 슬픔 속으로 깊이 들어가본 사람만이 표현해낼 수 있는 어떤 힘이 있다. 그렇다면 작가는 따뜻한 사람일까? 그것까지는 잘 모르겠다. 그저 내가 확신할 수 있는 건 작가가 자신이 잃어버린 것들, 혹은 사람들이 가진 상실의 슬픔이나 고통에 대해 남들보다 오래 생각하기를 두려워하지 않는 사람이라는 점이다. 그렇다. 작가가 이야기하는 작품 속 인물들은 하나같이 상실의 슬픔에 맞닥뜨린 사람들이다. 다만 나는 상실을 그린 여타의 작품들과 다른 점을 보았는데 작가의 인물들에게는 고통에 주눅 들거나 초라해지지 않는 당당함이 있다는 점이다. 예컨대 〈별과 빛이 같이〉에서 거식증을 앓고 있는 주인공 겨울이 언니의 죽음 이후 그녀의 분신과도 같은 딸 연우를 데려와 키우면서 겪는 당당한 변화들이 그러하다. 뜻하지 않게 어린 조카를 키우게 된 젊은 여성에게 아이의 존재는 장애물로 느껴질 수 있을 것이다. 하지만 소설 속 두 인물, 아이와 젊은 이모는 천천히 서로에게 물들어가고 상대를 변화시킨다. 사람이 바뀌기란 얼마나 어려운가. 아이와 함께 지내는 것을 선택한 젊은 이모는 자신이 아이를 키우는 것이 아니라 아이가 자신을 살게 한다는 것을 차츰 알아간다. 그리고 소설 속 첫 문장처럼 두 사람은 이전과는 다른 궤도를 그리는 별과 빛이 되어간다.

'이모, 죽지 않는 방법을 찾아보자.'

특히 거식증으로 음식을 먹지 못하는 이모에게 유치원생

인 아이가 무심코 건네는 말은 독자의 마음에 쿵 하고 박혀버릴지도 모르겠다. 분명 나는 소설을 읽었는데 마치 영화를 본 것처럼 그 장면과 캐릭터가 생생히 그려지는 특별한 경험, 이 소설을 읽는다면 누구나 같은 마음을 가지게 되지 않을까? 내 아픔은 어쩌면 나만의 것이 아닐지도 모른다는 것, 그리고 이 작가가 내 고통과 슬픔을 이해하고 있을지도 모른다는 따뜻한 말이다. 그렇지 않은가? 어쨌든 삶은 계속되고 우리는 살아가야 하니까.

그 따뜻함은 〈별과 빛이 같이〉뿐 아니라 다른 작품들에서도 비슷한 온기를 드러낸다. 아이를 잃은 젊은 부부의 상실 이후를 그린 〈연우〉, 이별 후 '홍기린' 이라는 이름의 선인장을 키우면서 겪게 되는 환상에 관한 이야기인 〈기린에게〉, 독거노인용 말상대 안드로이드와 인간이 함께하는 여행소설 형식인 〈사랑 때문에 죽은 이는 아무도 없다〉 등에서도 딱 그만큼의 온기가 느껴진다. 그런 따뜻함은 치유의 힘이 된다. 어쩌면 문학이라는 것은 그런 것인지도 모르겠다. 나와 비슷하게 아프거나 슬픈 사람들이 서로를 알아보고 끌어당기는 연대의 힘 같은 것 말이다. 그것은 상실의 슬픔이기도 하고 오래 전에 잃어버린 자신의 순수한 모습이기도 하며, 그저 잘난 척만 하는 바보 같은 어른들의 민낯이기도 하다. 그런 인물들은 카타르시스를 주는 위로가 된다. 점점 인간에 기대어 살기 힘든 세상이지만 그래도 기댈 것은 인간밖에 없지 않은가?《별과 빛이 같이》에 실린 작품들은 들여다볼 용기가 없어 그저 외면하고 덮어두었던 우리들의 상처를 대신 바라봐 준다. 한 편의 영화처럼 그려지는 작가의 이야기들은 독자의 마음을 조용히 흔들어 놓을 것이다.

비현실적인 숫자인 2020년이 기어코 밝았다. 사람들은 늘 미래를 논해왔지만 기술의 진보와 상관없이 인간의 예측은 늘 빗나갔다. 그런 예측이 이루어졌다면 우리는 이미 다른 행성으로 여행을 갈 수 있어야 하고 150세까지 살 수 있어야겠지만 아직은 손에 잡히지 않는 먼 이야기일 뿐이다. 행여 그런 시대가 온다 하더라도 인간의 삶이 어떻게 바뀔지 우리가 예측할 수 있는 것은 극히 일부다. 그저 자신이 속한 궤도에 있는 주변 사람들과 하루하루를 온전히 보내는 것, 그것만이 우리가 별과 빛이 될 수 있는 유일한 길이 아닐까? 인공지능이란 말이 수시로 등장하게 될 2020년의 시작과 함께 등장한 가장 인간다운 사람들의 이야기, 윤이안 작가의《별과 빛이 같이》는 고통과 슬픔을 함께 나눌 수 있다면 우리가 결코 불행하지 않음을 이야기하고 있다. 정말 불행한 것은 같은 궤도를 그리며 함께 나아갈 별과 빛이 없는 경우일 것이다. 적어도 이 소설을 읽는 동안 우리 모두 조금씩 인간다워지길, 그리하여 서로에게 마음만은 어둠이 아닌 별과 빛이 되길 진심으로 바라본다.

히든작가 멘토

소설가 김경희

작가의 말

어린 시절의 나는 틈만 나면 책 속으로 도망치던 아이였다. 일상이 버거울 때는 책만큼 편리한 도피처가 없었다. 어떤 장비도 필요하지 않고 어디서든 그저 책장을 펼치기만 하면 되었으니까. 돌이켜보면 항상 여기가 아닌 다른 어딘가로 가고 싶었던 것 같다. 나에게는 이야기의 세계가 그랬다. 책장을 넘기면 그 안에는 완전히 새로운 세계가 있었다. 용이 날아다니고, 나무가 말을 하고, 공룡이 책들의 도시를 탐험하고, 다른 별에서 온 왕자가 말을 거는 신비한 세계. 책은 다른 세상으로 이어지는 문이자 통로였으며 그 자체로 또 하나의 세계였다.

지난 4년 동안 나는 나를 너무 미워하지 않기 위해 노력해야 했다. 그럴 때마다 늘 그랬듯이 이야기의 세계로 도망쳤고 이번에는 거기서 스스로 이야기를 썼다. 겁에 질린 나를 위로하기 위해, 노래를 부르는 기분으로 썼다. 아무도 듣지 않는 노래를 누구나 들을 수 있는 공간에 서서 불렀다. 나는 가끔 글쓰기가 조각조각 떨어진 보자기를 기워 하나의 알록달록한 조각보를 만들어내는 과정 같다고 생각한다. 별로 쓸모는 없지만 갖고 있으면 기분이 좋다. 또 하나의 조각보를 완성하기 위해 이제는 요행도 기적도 바라지 않고 그냥 계속 쓴다. 내가 만든 이 조각보가 누군가에게 언젠가는 가 닿기를 바라면서.

지금도 나는 누군가가 성장하는 이야기를 가장 좋아한다. 우리의 주인공이 집을 떠나서 괴물과 맞서 싸우고, 끝내 집으로 다시 돌아오는 이야기를 좋아한다. 사람이 변할 수 있다고 말해주는 이야기를 좋아한다. 사람은 정말로 변할 수 있을까? 누군가는 사람은 절대로 안 변한다고 말하고 또 다른 누군가는 사람은 다 변한다고 말한다. 나는 아직도 그 답을 찾고 있다. 어쨌거나 집을 떠나기 전과 돌아온 후의 그 사람은 같은 사람이지만 같지 않다. 적어도 내 생각에는 그렇다. 아주 미세한 차이일지라도 그 과정에서 무언가는 달라진다고.

사람이 성장하는 데에는 물론 즐거운 일만 있는 것이 아니고, 거기엔 뼈아픈 성장통의 과정도 필요하다는 것을 알고 있다. 욕망의 실패, 그리고 사회에 소속되는 과정을 거쳐 어른이 되어가는 것. 그러나 이 과정은 어린아이의 일만은 아닌 것 같다. 어른이 된 후에도 그런 실패들을 수없이 경험하게 되니까. 어쩌면 사람의 일생은 실패의 연속적 과정이고 소설은 그 싸움의 기록 혹은 패배의 기록일지도 모르겠다. 게다가 우리의 괴물은 때때로, 아니 실은 언제나 우리보다 강하다. 그러니까 계속 질 수밖에. 그러나 패배가 예정된 싸움일지라도 우리가 서로에게, 삶의 어떤 순간에는 별이 되고 빛이 될 수 있다고 믿는다.

내가 어떤 선택을 하든 끝까지 믿고 지지해준 가족에게 가장 먼저 감사를 드린다.

김경희 작가님과 김병수 대표님, 심은정 편집장님, 윤의진 작가님. 책을 만드는 데 도움을 주신 모든 분들께도 인사드리고 싶다.

그리고 나의 밤에 별과 빛이 되어준 당신에게

감사와 사랑을 전한다.

인생이 어쩔 수 없는 파도와의 싸움이라면

더 잘 넘어지고 보다 더 낫게 실패하고 싶다.

2020년 1월

윤이안